소아암 예설이네 희망 일기

우리 딸 머리 깎을 때
가장 많이 아팠습니다

우리 딸 머리 깎을 때 가장 많이 아팠습니다

소아암 예설이네 희망 일기

초 판 1쇄 2024년 05월 24일

지은이 황미옥
펴낸이 류종렬

펴낸곳 미다스북스
본부장 임종익
편집장 이다경, 김가영
디자인 임인영, 윤가희
책임진행 안채원, 이예나, 김요섭, 임윤정

등록 2001년 3월 21일 제2001-000040호
주소 서울시 마포구 양화로 133 서교타워 711호
전화 02) 322-7802~3
팩스 02) 6007-1845
블로그 http://blog.naver.com/midasbooks
전자주소 midasbooks@hanmail.net
페이스북 https://www.facebook.com/midasbooks425
인스타그램 https://www.instagram.com/midasbooks

ISBN 979-11-6910-660-3 03810

값 17,500원

소아암 예설이네 희망 일기

우리 딸 머리 깎을 때
가장 많이 아팠습니다

황미옥 지음

미다스북스

들어가는 글

008

두렵고 불안했던 날들

1장

1. 급성림프모구백혈병 진단을 받아 015
2. 엄마, 아빠 때문이 아니었다 023
3. 두려움에 갇힌 아빠 028
4. 매년 1,500명의 소아암 아이들 034
5. 비수도권 지역에서 치료를 시작하다 039
6. 소아 백혈병 치료비에 대한 부담 045
7. 소아암 치료 종결을 바라보며 050
8. 치료 일기 쓰며 알게 된 것들 057

백혈병, 아는 만큼 보인다

2장

1. 이겨 내자, 백혈병 067
2. 180도 다른 삶을 살아 내는 아이들 073
3. 보호자에게 가장 필요한 것 080
4. 집중 치료 기간 지켜 낸 것들 084
5. 일상으로 돌아가는 첫 번째 연습 091
6. 83병동에서의 일상 097
7. 내가 만든 소아암 간병 원칙 103
8. 소아암 보호자들과 따뜻한 동행 108

보이지 않아도 희망은 있다

3장

1. 잊을 수 없는 코드 블루 117
2. 패혈증 진단을 받다 123
3. 죽음의 문턱 앞에서 128
4. 절망 앞에 희망이 있다 133
5. 여러 가지 부작용을 겪으며 138
6. 갑작스럽게 찾아오는 불청객 145
7. 소아암 완치에 대한 믿음 151
8. 강한 아이였습니다 156

다 좋아질 거라는 기대

4장

1. 소아암 환우들을 위한 기도 165
2. 아쉬운 건 태도 170
3. 지금 알고 있는 걸 그때도 알았더라면 174
4. 희망은 오는 것이 아니라 품는 것 179
5. 소아암 정책토론회 다녀오다 185
6. 양산부산대학교병원 파업을 겪으며 191
7. 반드시 제자리를 찾을 것이라는 한마디 197
8. 세상에서 가장 큰 선물, 오늘 203

평범했던 일상으로

5장

1. 내게 가장 소중한 하루 211
2. 땀 흘리는 만큼 맑아진다 216
3. 좋아하는 마음이 있다는 기쁨 220
4. 희망의 중심에 서다 225
5. 다시 일터로 229
6. 다르게 볼 수도 있다 233
7. 글 쓰며 사랑하며 237

마치는 글

242

들어가는 글

소아암은 나을 병이라는 믿음

예설이의 백혈병 치료를 시작하고 맞이하는 새해 첫날, 우리 가족은 백혈병 환우인 예나의 집에서 같이 시간을 보냈다. 딸아이는 예나의 장난감을 하나씩 꺼내어 만져 보면서 재미나게 놀았다. 그러다 갑자기 예설이의 컨디션이 나빠졌고 속이 좋지 않았는지 먹은 것을 토해 냈다. 집으로 돌아와서도 열 번 이상 더 토했고 대변도 묽게 나왔다. 나는 간단한 짐을 챙겨서 양산부산대학교병원 소아 응급실로 향했다. 딸아이의 구토와 설사 증상은 좋지 않은 징조였기에 나는 걱정하고 있었다.

응급실에 도착해서는 간호사 선생님이 예설이의 몸무게와 열을 확인하셨고, 이어서 의사 선생님과 만나서 딸아이의 증상을 꼼꼼하게 알려 드렸다. 진료를 마치고 우리 가족은 대기실이 아닌 응급실 복도에서 기다렸다. 예설이가 추울까 봐 점퍼 모자도 쓰게 하고, 내가 입고 있던 두툼한 점퍼를 벗어서 딸아이가 입고 있는 점퍼 위에 추가로 입혀 주었다. 딸은 유모차에 힘없이 앉아서 기다렸다. 오랜 시간이 걸렸지만, 응급실에서 해야 하는 소변검사, 피검사, 엑스레이 촬영과 케모포트 연결까지 모두 마쳤다. 나는 검사 결과를 기다리며 예설이가 아플까 봐 걱정하고 있었다.

백혈병 치료하는 아이들은 어깨의 중심 정맥을 통해서 심장 가까운 굵은 혈관까지 중심정맥관을 삽입하는데 중심정맥관 주변에 혈전(피떡)이 생길 수도 있어 초음파로 검사가 필요했다. 예설이도 목 초음파 검사를 한 지 5개월이 지나서 혈전의 크기를 확인해야 했다. 보호자인 나는 검사 결과가 나오기도 전에 딸아이의 혈전 크기를 걱정하고 있었다.

예설이는 피검사 수치가 회복되어야 항암 치료를 시작할 수 있었는데 3주간 딸의 백혈구 수치와 호중구 수치가 잘 오르지 않았다. 엄마인 나는 애간장이 탔다. 나는 답답한 마음에 백혈병 환우 엄마인 범준이 엄마에게 속마음을 털어놨다. 예설이 피검사 수치가 회복되지 않아 걱정이라고 했더니 범준이 엄마는 딸아이의 혈소판 수치는 어떤지 물었다. 예설이의 혈소판 수치는 더디지만 오르고 있다고 했더니 범준이 엄마는 조만간 다른 피검사 수치도 회복될 거라며 너무 걱정하지 말라고 말했다. 소아 백혈병 고위험군 치료 중인 범준이도 항암 치료를 하고 나면 수치 회복하는 데 오래 걸렸는데 이번에는 범준이 엄마가 나를 다독여 주었다.

"예설 엄마, 너무 걱정하지 마. 괜찮을 거야."

딸아이의 새로운 항암 치료가 시작될 때마다 새로운 부작용이 나타났다. 나는 매번 예설이의 몸에 나타나는 부작용을 예민하게 확인했다. 가장 아쉬운 부분이 있다면 보호자인 나의 태도였다. 엄마로서 딸아이를 살려야만 한다는 책임감에 마음의 짐을 한가득 안고 있었다. 나는 늘 딸아이의 부작용을 걱정했고, 불안해했다. 나에게 필요한 것은 생각을 줄이고 걱정을 줄이는 일이었다.

나의 하루를 어떻게 보내는지 조금씩 알아차리면서 소아암을 대하는 나의 태도를 좀 더 긍정적으로 바꿔 보고 싶었다. 나의 하루를 걱정보다는 여러 순간의 행복으로 채우고 싶었다. 딸아이에 대해 지나치게 걱정하는 마음을 어느 정도는 내려놓고 싶었다. 예설이가 처음 진단받았을 때부터 딸아이와 함께 겪었던 일들을 찬찬히 생각해 봤다. 예설이의 집중 치료부터 유지 치료까지 나의 걱정하는 마음이 어떻게 변화하였는지 생각해 봤다.

딸아이의 백혈병 치료 시작 후 9개월 동안 보호자인 나는 몸도 마음도 여유가 별로 없었다. 예설이의 유지 치료가 시작되면서 나에게도 혼자 있는 시간이 생기기 시작했다. '나 혼자 이런 시간을 보내도 될까?'라고 말할 정도로 혼자서 보내는 자유 시간이 어색하기만 했다. 모든 것은 내 마음먹기에 달려 있었다. 나의 태도를 바꿔 보자고 마음먹은 순간부터 나는 달라지고 있었다.

우선 하루를 어떻게 보낼 것인지 생각하는 것부터 시작했다. 나의 하루 속도를 조절하면서 운동을 시작했다. 어디든

두 발로 걸어 다녔고, 실내 자전거 타기와 달리기도 시작했다. 운동하면서 기분 전환이 잘 되었다. 출퇴근 시간처럼 이동 시간이나 자투리 시간에 글을 쓰거나 책을 읽는 것처럼 내가 좋아하는 일도 조금씩 하기 시작했다. 다른 가족들과도 약속도 잡으면서 시간을 함께 보냈다. 예설이 치료에만 전념할 때는 내 머릿속 공간 전체가 걱정으로 가득 찼다면 내 하루의 속도를 점검하고, 운동을 하고, 좋아하는 일도 할 때는 내 머릿속의 생각이 다양해졌다. 걱정은 전체가 아닌 한 부분이 되고 있었다.

소아 백혈병이라는 암을 알게 된 이후로 나의 걱정은 끝이 없다. 솔직히 이 걱정이 언제 끝날지는 잘 모르겠다. 하지만 나는 매일 의식적으로 걱정보다는 희망을 붙들려고 노력한다. 애를 쓰다 보면 언젠가는 희망이 걱정보다 더 앞서가는 시점이 오지 않을까 생각한다. 이 글을 읽는 분들의 걱정이 조금이라도 줄었으면 좋겠다. 작은 부분일지라도 걱정을 덜어 낸 공간에서 아이와 가족들이 함께 웃으며 보내는 시간이 더 많아졌으면 좋겠다. 소아암은 나을 병이라는 믿음이 걱정보다 더 채워지기를 진심으로 바란다.

두렵고 불안했던 날들

1장

1

급성림프모구백혈병 진단을 받아

나의 서른아홉 번째 생일날이었다. 집에서 가족들과 아침밥을 먹는데 내 옆에서 고개를 돌리는 예설이 목에서 멍울 같은 게 보였다. 딸아이의 목을 만져 보니 동그란 게 만져졌다. 나는 예설이와 함께 다니던 소아과에 방문했다. 의사 선생님은 꼼꼼하게 딸의 목에 있는 멍울을 살펴보시더니 목 초음파 검사를 하자고 하셨다. 초음파 검사 결과 예설이의 목에 있는 멍울은 2센티미터 정도 크기였다. 의사 선생님은 멍울의 크기가 자라는지 지켜보자고 했다. 나는 딸아이에게 처방받은 항생제를 먹였다.

나는 예설이 목에 있는 멍울을 볼 때마다 신경이 쓰이던 차에 새로운 사실을 하나 알게 되었다. 예설이 고모도 예설이처럼 목에 멍울이 발견되어 소아암 진단을 받았다는 거다. 시어머님은 딸아이의 목에 멍울이 있는 것을 알게 된 때부터 지나칠 정도로 걱정하셨다. 나는 마음속으로 어머님께서 걱정하는 암이 아니기만을 바랐다.

예설이는 항생제를 먹은 지 2주 정도 되었을 때 열이 나기 시작했다. 열이 39도가 넘어 나는 예설이에게 타이레놀 계열 해열제와 맥시부펜을 교차로 먹였다. 그런데도 딸아이의 열은 내려가지 않았다. 예설이가 춥다고 하면 나는 이불을 덮어 주고, 덥다고 하면 다시 이불을 벗겼다. 이불로 온도를 조절해 주었다. 나는 예설이에게 2시간 간격으로 해열제를 챙겨 주었다. 딸의 겨드랑이 온도도 수시로 확인했다. 나는 아침이 오기만을 기다렸다.

일요일 아침, 다니던 소아과에 갔다. 그날 당직하시는 의사 선생님께 진료 보고, 해열제와 항생제만 처방받아 다시 집으로 돌아왔다. 다음 날 역시 광복절이라 다시 방문한 소아과에서 해열제만 처방받아야만 했다. 정상적인 진료일 날, 딸아이의 담당 의사 선생님을 드디어 만났다. 목 초음파 검사를 다시 했는데 목에 있는 멍울의 크기가 3센티미터로 커져 있었다. 소아과 의사 선생님은 상급병원 진료의뢰서를 써 주시며 지금 당장 양산부산대학교병원 소아 응급실로 가 보라고 하셨다.

예설이와 나는 양산부산대학교병원 소아 응급실로 곧바로 갔다. 사흘 동안 고열로 잠을 설친 예설이는 대기실에서 내 품에 안겨 잠이 들었다. 곧이어 방송에서 딸아이의 이름을 부르는 소리를 들었다. 나는 예설이를 안고 소아 응급실에 들어갔다. 간호사 선생님이 예설이의 몸무게와 열을 확인하셨고, 어디가 아파서 왔는지 물었다. 나는 소아과에서 받은 진료의뢰서를 보여 주고는 옆 의자에 앉아 기다렸다. 잠시 후에 응급실에서 의사 선생님께 진료받을 수 있었다. 나는 예설이 목에 있는 멍울이 커진 것, 열이 사흘 동안 난 것, 맥시부펜과 타이레놀 계열 해열제를 교차로 먹은 것, 항생제를 2주 동안 먹인 것에 대해 자세하게 설명해 드렸다. 진료가 끝나고 다시 보호자 대기실에서 예설이와 함께 다음 진료를 기다렸다. 한참이 지나 소아 응급실 안에 빈자리가 났다는 연락을 받았다. 나는 예설이를 응급실 안 침대에 눕혔다. 간호사 선생님이 플라스틱 통 하나를 주시더니 딸아이의 소변을 받아 오라고 했다.

얼마 후에 의사 선생님이 오셔서 예설이 몸에 조영제를 넣어 CT 촬영을 해야 한다며 동의서를 받아 가셨다. 영상의학과에서 CT 촬영은 잘했는데 예설이가 마취에서 완전히 깨지 않았다. 잠시 후에 딸아이의 소변을 받아서 간호사 선생님께 전달했다. 얼마 후 인턴 선생님께서 응급실로 오셨다. 이번에는 예설이의 피를 열 통 넘게 뽑아 가셨다. 예설이가 피 뽑을 때 많이 울어서 인턴 선생님이 가시고 나서도 한참을 안아 주었다. 응급실 안에 있는 티브이 모니터 화면에는 내원 중인 아이들의 검사 진행 절차가 표시되어 있었다. 최종 결과는 입원 또는 퇴원으로 정해졌다. 나는 예설이의 CT 검사 결과를 기다리고 있었다.

저녁이 되자 남편이 회사에서 조퇴하고 응급실로 왔다. 응급실에서는 예설이의 CT 검사 결과는 아직 정확히 알 수 없고, 염증성이 아니라는 말만 해 주셨다. 나는 예설이의 병명이 무엇인지 모르는 상황이 답답하기만 했다. 한참 후 응급실 모니터 화면 최종 결과에 딸아이는 입원이라고 적혀 있었다. 예설이는 추가 검사를 위해 병원에 입원해야 했다.

나는 남편과 보호자 교체하고, 야간 출근을 위해 병원을 나왔다. 남편은 하루 종일 아무것도 먹지 못한 나를 위해 차량 조수석에 충무 김밥과 음료수를 두었다. 나는 운전하면서 충무 김밥을 입에 하나 넣었다. 이 상황이 믿기지 않아 마냥 눈물만 났다. 운전하는데 앞이 잘 보이지 않아 속도를 줄였다. 내 머릿속은 온통 예설이 생각뿐이었다. 무슨 정신에 운전했는지 모르겠지만 마침내 사무실에 도착했다. 헤드셋을 끼고 "긴급 신고 112입니다."라고 전화를 받으며 일을 시작했다. 다음 날 아침 9시까지 나는 해야 할 일을 마쳤다.

퇴근 후 뜻밖의 소식을 들었다. 남편이 코로나19 양성 판정으로 예설이 보호자로 병원에 있지 못하게 됐다는 거다. 나 또한 밀접 접촉자로 분류되어 보호자 입원이 불가했다. 하는 수 없이 어머니께서 일주일간 예설이가 있는 병원에 함께 입원하시기로 했다. 딸아이는 감기 증상이 잘 지나가기를 기다리며 병원에서 대기했다.

며칠 뒤, 한의원에서 어지럼증 치료를 위해 약침을 맞고 있는데 남편에게 전화가 왔다. 남편은 나에게 예설이 병명이 백혈병이라고 했다. 순간 나는 내 얼굴과 몸에 있는 약침도 잊은 채 엉엉 울기 시작했다. 한의사 선생님은 내가 있는 방으로 들어오셔서 나를 진정시키려고 계속 말을 거셨지만, 나는 아무것도 들리지 않았다. 혼자서 한참을 울고는 한의원을 나왔다. 다리에 힘이 풀려 바닥에 주저앉아 전화를 걸었다. "언니야, 우짜노. 우리 예설이 우짜노." 평소 마음을 터놓던 선희 언니에게 전화했던 모양이다. 나는 최대한 정신을 차리려고 애를 쓰며 양산부산대학교병원까지 운전해 갔다. 가는 내내 차 안에서 눈물이 났다. 울면서도 마음속으로 생존율이 가장 높은 '급성림프모구백혈병 표준형'이길 바랐다. 하늘나라에서 지켜보고 있는 친정엄마를 부르며 우리 예설이 좀 지켜 달라고 간절히 빌었다.

양부대 83병동에서 양유진 교수님과 만났다. 예설이는 백혈병이 맞다는 말로 대화를 시작했다. 이어서 나는 딸아이가 아픈 게 유전인지 물었다. 양 교수님은 매년 1,500명의 소아암 아이들이 진단받는데 예설이는 단지 운이 나빠서이지 유전은 아니라고 했다.

예설이 골수 안에 암세포가 66%가 차 있고, 급성이기 때문에 바로 항암 치료를 시작해야만 했다. 다만, 남편의 코로나19 확진으로 예설이도 감기 증상이 있어 일주일 정도 예설이의 몸 상태를 지켜보고 항암 치료를 진행하기로 했다. 백혈병 치료는 최대 3년이 걸리고, 유전자 검사에서 괜찮으면 예설이는 급성림프모구백혈병 표준형으로 치료받을 것이라고 했다. 남편도 집에서 휴대전화로 양 교수님과 대화 내용을 같이 들었다.

이어서 양 교수님은 예설이가 항암 치료할 약물을 알려 주셨다. 뇌 전이 예방을 위해 척수 항암도 할 것이고 스테로이드 약 부작용으로 갑자기 살이 찌거나 당뇨가 올 수도 있다고 했다. 집중 치료가 끝나면 먹는 항암 약 위주의 유지 치료가 이어질 것이라고 설명해 주셨다. 보호자가 해야 할 일은 예설이 몸이 상하지 않게 잘 관찰하는 일이라고 당부하셨다.

양 교수님과 면담하면서 우리 부부는 울지 않았다. 교수님이 남편에게 궁금한 게 있는지 묻자, 남편은 소아백혈병 생존율에 관해 물었다. 교수님은 소아 급성림프모구백혈병 표준형은 85%까지 생존율을 보는데 유전자 검사 예후가 좋으면 생존율도 90%까지 올라간다고 했다. 잠시 후에 양 교수님은 이렇게 덧붙이셨다.

"패혈증처럼 감염 증상이 갑자기 오면 아이를 잃으실 수도 있습니다."

보호자 면담을 마치고 병원을 나왔다. 나는 예설이의 백혈병 진단을 받아들이고 싶었지만, 잘되지 않았다. 그러나 다음 주면 시작될 예설이의 항암 치료에 대해 준비해야 했다. 나는 생각을 정리한 후에 차 안에서 몇 차례 전화를 걸었다. 먼저 남편에게 전화를 걸어 예설이 항암 치료가 시작되면 옆에서 내가 간호하겠다고 했다. 직장에도 딸 진단 소식을 전했다. 팀장님은 엄마가 딸 곁에 있어 주어야 한다며 다독여 주셨다. 나는 예설이 곁을 끝까지 지켜 주겠다고 다짐하고는 텅 빈 병원 주차장을 나왔다.

2

엄마, 아빠 때문이 아니었다

남편의 코로나 확진 일주일 뒤에 어머니와 보호자 교체를 하기 위해 병원에 갔다. 병원에 도착하여 처음 한 검사는 코로나19 검사였다. 검사 결과가 나올 때까지 병원 주변을 걸었다. 오후가 되어서도 검사 결과가 나오지 않기에 추어탕집에 가서 늦은 점심을 먹었다. 식사 후에 병원에서 온 문자는 코로나 그룹 검사에서 양성 반응이 나와 추가 검사가 진행 중이라고 했다. 오후 5시 30분쯤이 되어서야 음성 문자가 왔다. 나는 곧바로 예설이와 어머님이 생활하던 83병동 1인실로 갔다. 그때부터 본격적인 예설이의 항암 치료가 시작되었다. 딸아이는 다행히 코로나에 걸리지 않았고, 콧물 증상이 있어 감기약만 처방받아 먹였다.

예설이와 나는 83병동의 4번 방 다인실로 옮겨졌다. 병실 문 앞에 있는 침대였다. 4번 방에는 이미 세 명의 아이와 보호자가 생활하고 있었다. 예설이는 어머니가 계실 때 이미 척수 항암을 마쳤다. 딸은 저녁 먹고 스테로이드 약을 먹어야 했는데 먹지 않겠다고 버텼다. 아무리 달래도 소용없었다. 결국 설득 끝에 약을 포카리스웨트에 타서 먹였다. 예설이가 스테로이드 약을 먹지 않으려고 할 때마다 실랑이를 2시간 넘게 할 때도 있었다. 같은 방을 쓰던 범준이 엄마가 딸아이에게 과자도 주면서 약 먹을 때마다 매번 도와주셨다.

딸의 침대 옆에는 남편이 사 준 오리 꽥꽥 유아용 변기가 있었다. 예설이의 항암 치료가 시작되면 소변이 잘 배출되어야 했는데 스스로 잘하지 못했다. 새벽 12시가 되면 간호사 선생님이 오셔서 내가 기록한 딸의 대소변량이 적힌 종이를 가져갔다. 소변량이 부족한 날은 딸아이의 링거 줄에 이뇨제를 놓아 주셨다. 예설이가 이뇨제를 맞는 날은 새벽 내내 1시간 간격으로 기저귀를 교체했다. 몸은 피곤해도 딸의 소변이 배출되어 감사했다.

우리 가족은 예설이가 항암 치료를 잘 받을 수 있게 곁에서 함께 힘을 모았다. 나는 예설이 몸이 상하지 않게 잘 관찰하면서 항암 치료를 하며 알아 두면 좋은 것을 하나씩 배웠다. 예설이가 한 끼 식사를 마치면 양치질한 후에 멸균 생리식염수로 가글하도록 시켰다. 딸아이가 대변을 본 이후에는 좌욕기를 꼭 사용하게 했다. 수시로 예설이의 손을 소독하고 아침저녁마다 손, 발, 얼굴을 씻겼다. 서툴렀지만 같은 방 보호자의 일상을 관찰하면서 익혔다. 수액 맞는 기계에서 소리가 날 때 특정 버튼을 누르면 소리가 시끄럽게 나지 않았다. 링거 줄을 3M 테이프로 병원복에 붙여서 고정하는 방법도 배웠다.

시어머님은 첫째 딸과 남편이 있는 집에 가셔서 식사를 챙겨 주셨다. 어머님 댁에 있는 열일곱 살 강아지 송이가 마음에 걸려서 집에서 주무시고 가지는 못하셨다. 남편은 일주일에 몇 번씩 병원으로 와서 필요한 물건을 가져다주었다. 잠시 본 남편은 살이 많이 빠져 보였다. 얼굴도 몸도 왜소해지고 있었다. 나는 남편을 볼 때마다 예설이는 잘 버티고 있으니 보호자인 우리가 잘 버텨야 한다고 말했다.

도대체 암이라는 게 뭘까. 나의 친정엄마는 우리 가족이 뉴욕에 이민 간 지 몇 년 되지 않았을 때 혈액암 말기 진단을 받았다. 병원에서 엄마의 수술은 소용없다고 했다. 엄마는 항암 치료를 마치고 퇴원하셨지만, 혈액암은 재발했다. 6개월 투병 끝에 엄마는 세상을 떠났다. 엄마가 세상을 떠난 지 25년이 지났지만, 병원 침대에서 싸늘한 주검이 된 엄마의 마지막 모습은 여전히 잊히지 않는다. 엄마는 서른아홉에 세상을 떠났고 나는 서른아홉에 딸의 소아암 간호를 했다. 두 딸아이의 엄마로 살아갈수록 돌아가신 친정엄마가 자주 생각났다. 예설이의 투병 과정을 옆에서 지켜보면서 친정엄마의 혈액암 치료 과정이 얼마나 힘들었는지 알게 되었다. 두 딸아이를 낳고 키울 때는 몰랐던, 엄마가 투병할 때의 마음을 조금씩 알아 가고 있다.

시어머님은 예설이의 백혈병 진단 소식을 듣고 하늘도 무심하게 한 집에 두 번이나 아픔을 주신다며 목 놓아 우셨다. 딸의 담당 교수님께서 병실에 회진 오셨을 때 어머님은 아이를 꼭 살려 달라고 부탁하셨다. 나의 친정아빠는 예설이가 불쌍하다고 전화기를 붙들고 울었다. 외삼촌과 외숙모는 내 마음을 어루만져 주었다. 남편의 큰삼촌도 병원에서 밥은 잘 챙겨 먹고 있는지 물어봐 주셨다. 딸을 간호할 때 가족들과 지인의 응원은 큰 힘이었다. 암이 또다시 우리 가족을 지배하게 둘 수는 없었다. 나부터 예설이가 산다는 믿음을 가져야만 했다.

나는 딸아이의 항암 치료가 끝나고 하루를 마무리할 때면 병원 창밖을 바라봤다. 병원 주차장에 가득 찬 차들이 많이도 빠져나갔다. 사라진 차들처럼 내 마음속에 있는 걱정 찌꺼기들도 빠져나가면 좋으련만. 예설이가 아픈 게 남편과 나의 가족력 때문이 아닐까 걱정했다. 그 복잡한 마음을 뿌리치기 위해 예설이가 그날 겪었던 부작용을 꼼꼼하게 기록한 노트를 보고 치료 일기를 썼다. 완치의 믿음으로 딸의 곁에서 오늘 하루를 버텨 냈다. 가족을 잃는 두려움보다 예설이가 삶을 사는 것에 초점을 맞추고 싶었다. 죽음이 아닌 삶에 희망을 걸었다. 나는 나의 선택을 믿는다.

3

두려움에 갇힌 아빠

남편은 결혼 전 서울에 있는 남산타워에 나를 데려가 꼭대기 층에 있는 레스토랑에서 프러포즈했다. 준비한 케이크에는 "잘 살자"라고 적혀 있었다. 이처럼 남편은 늘 가정이 우선인 사람이었다. 한결같이 어떤 결정을 해야 하는 순간이 오면 나와 아이들이 우선인 선택을 했다. 예설이의 소아 백혈병 소식을 전해 준 사람이 남편이었고, 나를 토닥이고 달래 준 사람이었기에 잘 버티고 있는 줄 알았다. 그런데 예설이의 항암 치료가 시작되자 가장 힘들어했던 사람은 바로 남편이었다.

남편은 인터넷으로 백혈병에 대해 검색했다. 소아 백혈병 치료와 관련된 영상을 반복해서 보고 또 봤다. 병에 대해 보호자가 남긴 글이 있으면 남편은 모조리 읽었다. '아름다운 동행'이라는 네이버 카페에도 가입해서 관련된 모든 글을 읽었다. 예설이와 치료 시기가 비슷하고 수도권에서 치료 중인 아이의 보호자와도 소통했다. 남편은 소아암을 진단받은 아이의 부모로서 어떻게 백혈병 치료 과정을 이겨 내야 하고, 어떤 준비를 해야 하는지 정보를 찾고 생각을 정리했다. 치료 과정에 대한 큰 그림을 그리면서도 구토 바가지, 생수, 멸균 면봉, 페이스 티슈, 일회용 수건, 살균 티슈 등 딸이 병원에서 필요한 물건을 챙기는 일을 도왔다.

남편의 대학 친구이자 직장 동료인 종빈 오빠는 지인 한 명을 소개해 주었다. 소아 골수성 백혈병을 진단받고 치료 종결한 지 십 년이 넘은 아이의 엄마였다. 감사하게도 나는 어머니와 1시간 넘게 통화할 수 있었다. 치료가 끝난 지 오랜 시간이 지났는데도 그 어머니는 마치 자녀가 지금 치료 중인 것처럼 치료 과정을 아주 상세하게 기억하고 계셨다. 그 어머니는 내게 예설이가 백혈병이라는 병명을 진단받아서 다행이라고 했다. 서울에서는 병명을 찾지 못해 치료도 받지 못하고 있는 사람이 많다고 하셨다. 그에 비하면 예설이는 원인을 알았으니, 치료만 하면 된다며 무거운 마음을 덜어 주셨다. 어머니는 소아 백혈병 보호자로서 내가 어떤 마음가짐으로 간호에 임해야 할지 알려 주셨다.

예설이가 항암 치료를 시작할 때 남편은 여동생을 떠올렸다. 남편이 고등학생일 때 중학교에 다니던 여동생은 예설이처럼 목에 멍울이 발견되어 림프종 진단을 받았다. 여동생은 항암 치료도 잘 버텨 냈다. 치료 종결하고 학교로 돌아가서 일상적인 삶을 살았는데, 어느 날 느닷없이 머리가 심하게 아팠다. 결국 다시 찾은 병원에서 재발 진단을 받았다.

어머님은 딸을 간호하다가도 아들 밥을 챙겨 주러 잠시 집에 들러 곰국 한 솥을 끓이고 반찬 몇 가지를 해 두고 다시 병원으로 가셨다. 남편은 동생과 시어머니가 병원에서 생활할 때 매일 곰국만 먹었다. 작은삼촌이 새벽같이 일어나 어머니가 해 주셨던 반찬과 국에 밥을 해서 도시락을 싸 주셨다. 시어머니의 정성스러운 간병과 가족들의 기도에도 불구하고 남편의 여동생은 3개월 동안 아무 음식도 먹지 못했다. 세상을 떠나기 전 갑자기 아이스크림을 먹고 싶다는 딸에게 어머니는 아이스크림을 사 주셨다. 그때 딸이 먹고 싶다는 거 다 사 줄 걸 그랬다며 어머니는 지금도 후회가 된다고 하셨다. 여동생의 항암 치료 과정을 지켜봤던 남편은 그 힘든 치료를 예설이가 겪을 생각에 걱정했다. 남편은 딸을 지키지 못할까 봐 두려움과 싸우고 있었다.

결국 걱정했던 일이 터졌다. 당시 집에는 첫째 예빈이가 남편과 있었는데 남편이 갑자기 의식을 잃을 뻔한 것이다. 남편은 잃어 가는 정신을 붙든 채 119에 직접 전화했다. 목덜미가 당기는 증상을 설명하고, 여덟 살 딸아이와 둘이 있다고 말했다. 어머님께도 남편이 직접 알렸다. 남편은 딸 예빈이를 보면서 119가 도착하기 전까지 정신을 차려야 한다며 안간힘을 썼다. 구급차를 타고 집 근처 병원으로 간 남편은 머리 부분 MRI를 찍고 병원에서 그날 밤을 보냈다. 혈관이 막히거나 이상한 점이 없어서 다행이었다.

어머님은 그날 이후 매일 집에 들러 아들이 조금이라도 밥을 먹게 하고, 잠을 잘 수 있게 도와주셨다. 남편은 예설이, 예빈이와 함께했던 소중한 추억을 자주 소환해서 힘든 시간을 버텼다. 가족들과 캠핑장에서 함께 이야기 나누던 모습, 도서관 나들이 가던 모습, 딸과 어린이집에 가면서 차 안에서 노래를 흥얼거리던 모습을 떠올렸다. 집에서 보내는 시간은 눈물이 자주 앞을 가렸지만, 행복한 상상을 하며 퇴원할 예설이를 기다렸다.

나는 남편이 쓰러질 뻔한 이후로 일하는 것이 걱정되었다. 하지만 어머님은 오히려 직장 일에 집중하면 딸의 항암 치료에 대해 잊을 수 있어 도움이 될 거라며 지켜보자고 하셨다. 생각해 보니 남편이 집에 혼자 있는 시간이 많아지면 더 힘들 수도 있겠다는 생각이 들었다. 나는 어머님의 뜻을 따르기로 했다. 예설이 백혈병 진단 소식을 듣고 힘들어하던 나에게 위로해 주었던 것처럼 나도 남편에게 위로가 되어 주고 싶었다.

남편은 딸아이와 떨어져 있는 한 달 동안 잘 버텨 주었고 목덜미 당김 증상도 없었다. 퇴원해 집으로 온 딸과 함께 지내며 남편은 몸도 마음도 조금씩 회복하는 모습을 보였다. 예설이와 함께하는 이 순간이 얼마나 소중한지 남편의 표정

을 보면 알 수 있었다. 이 기적 같은 하루보다 더 중요한 날
은 없다는 걸 말이다.

4

매년 1,500명의 소아암 아이들

사망 1위　4명　1,500명
80%　44개월　877억 원

신문 기사에서 소아암과 관련된 글을 읽었는데 위와 같은 키워드가 와닿았다. 아동 질병 사망 1위 소아암, 하루 평균 소아암 발생 4명. 연평균 1,500명의 아이가 소아암을 진단받았다. 5년 기준 소아암 완치율은 80%이었고, 소아암 평균 치료 기간은 평균 44개월, 소아암 국내 연간 진료비는 877억 원이었다. 나는 소아암에 대해 아는 것이 없었다. 하지만 소아암은 우리 가정에 뜻밖의 손님처럼 예고 없이 찾아왔다.

항암 치료가 시작되자 딸의 얼굴에 피부 부작용이 바로 나타났다. 손바닥도 얼룩이 진 것처럼 빨갛게 보였다. 교수님 회진 때 물어보니 아직은 괜찮다고 하셨다. 부작용이 더 심해지면 알려 달라고 하셨다.

83병동 3호실, 예설이가 생활하는 침대 맞은편에 고등학생인 현준이가 있었다. 현준이는 백혈병 고위험군 치료 중이었는데 갑자기 폐렴에 걸려 중환자실에 다녀왔다. 우리가 현준이를 병실에서 처음 만났을 때는 중환자실에서 올라온 지 얼마 되지 않았을 때라 기침을 많이 했다. 또한 항암 부작용으로 현준이 팔의 일부가 괴사해 있었다. 일주일에 한두 번씩 간호사 선생님이 오셔서 상처 난 부위를 치료했다. 현준이는 몸을 회복하면서도 항암 치료를 이어 갔다.

항암 치료 부작용은 아이마다 다르게 찾아왔다. 보호자는 아이의 몸 상태를 예민하게 관찰하고 회복에 힘써야 했다. 보호자에게는 선택의 여지가 없었다. 자녀가 아픈 현실을 받아들여야만 했고, 아이는 힘겨워도 치료를 버텨 내야만 했다. 담당 교수님의 말처럼 소아암을 진단받은 건 가족력이 아닌 단지 운이 나쁜 탓이었다. 그러니 우리는 이 병을 이겨 내고 평범했던 일상으로 돌아가는 게 맞았다.

아이들에게 병원은 놀이터이자 어린이집, 유치원, 학교였다. 현준이 오빠가 만들어 준 로봇을 딸아이가 가지고 놀았다. 딸은 고등학생인 신비 언니와도 마주 보고 앉아서 손톱 스티커와 매니큐어도 발라 주었다. 초등학생인 범준이 오빠와는 색종이 접기를 했다. 링거가 달린 폴대를 밀면서 어린이용 투명 비닐장갑을 끼고 과자도 같이 나눠 먹었다. 예설이는 심심하면 바퀴가 달린 접이식 카트에도 스티커를 붙였다. 나는 다인실에서 다른 가족들과 함께 생활하면서 병원 생활에 익숙해져 갔다. 나는 옆방에도 놀러 가고, 어떻게 병원에 오게 되었는지 이야기도 나누면서 친해졌다.

나는 예설이와 함께하는 시간이 소중했다. "엄마가 제일 좋아."라며 '엄지척' 해 줄 때, 내 팔에 머리를 기대어 쉬어 갈 때, 오리 꽥꽥 변기통에 앉아서 환하게 웃어 줄 때, "엄마는 예설이 사랑해."라고 말하면 머리 위로 동그랗게 큰 원을 그리면서 "예설이는 엄마 이만큼 사랑해."라며 환하게 웃어 줄 때 행복했다.

자동차 세일즈맨 일을 하는 나의 지인 정성만 부장님은 매주, 매월 만나야 하는 고객이 있었다. 고객이 필요한 것에 집중하며 영업했다. 정성만 부장님을 만난 고객들은 특별한 세일즈맨에게 감동하여 주변 사람들에게 입소문을 내주었다. 부장님은 입버릇처럼 자신에게는 100명의 잠재 고객이 있다고 말했다. 그는 세일즈맨 플래너를 제작해 세일즈 기법을 사람들이 배울 수 있도록 커뮤니티를 만들었다. 다양한 업종의 사람들이 모인 장소에서 고객 100명을 만드는 방법에 대해 강의했다.

딸아이의 백혈병을 간호하면서 문득 100명의 고객과 끊임없이 소통하는 정성만 부장님이 떠올랐다. 정성만 부장님처럼 우리 가족도 1,500명의 소아암 가족들과 함께 동행하고 있다고 생각하니 나는 다시 힘이 났다. 지치고 힘든 순간이 찾아오면 우리 가족은 혼자가 아니라고 다독였다. 나만의 주문을 만들어 입으로 말해 보기도 하고 치료 일기에도 글로 썼다.

예설이는 2022년 9월 19일 골수 검사를 하고 관해에 성공합니다.

예설이는 2022년 9월 22일 건강하게 퇴원합니다.

예설이는 2024년 8월 22일 급성림프모구백혈병 치료를 종결합니다.

예설이는 2040년 8월 22일 소아암 환우들을 도우며 건강하게 살아갑니다.

나는 딸아이가 외로운 소아암 완치자가 되기를 원하지 않는다. 건강하게 친구들과 선생님의 사랑을 받으면서 어린이집에서 활기차게 생활하기를 바란다. 인생의 어느 시점에는 누구나 내리막길이 있다. 딸은 단지 네 살이라는 어린 나이에 조금 일찍 힘든 일을 겪은 것으로 생각하기로 했다. 소아백혈병은 나을 병이고, 소아암 치료의 끝은 꼭 올 것이기 때문에 나는 예설이의 소아암 진단을 조금씩 받아들이고 있다. 내 마음을 바꿔 먹으니 내가 바라보는 세상도 조금씩 달라져 보이기 시작했다.

5

비수도권 지역에서 치료를 시작하다

예설이가 사는 곳은 부산이다. 우리 가족은 딸의 항암 치료를 어디서 시작할지 선택해야 했다. 수도권 지역은 서울대학교병원, 분당서울대학교병원, 서울성모병원, 서울아산병원에서 소아암 환자들이 치료받았다. 5년 전쯤 같이 지구대에서 근무했던 한 동료의 딸도 신경모세포종을 진단받고 서울대학교병원에서 치료받은 것으로 기억한다. 딸아이가 다닐 병원을 선택할 때 가장 도움이 된 것은 소아 백혈병 생존율이었다. 소아암은 어른들보다 치료 성적이 좋아 표준형의 경우 생존율이 90%까지 올라갔다. 무엇보다 지방에서도 소아암 치료를 받고 건강하게 잘 지내고 있는 아이들이 생각보다 많다는 사실을 알게 되었다.

수도권 지역과 지방에서 항암 치료 하는 것 중에서 딸아이에게 어디가 더 좋을지 생각해 봤다.

예설이가 항암 치료를 하게 되면 면역력이 떨어질 텐데 진료가 있을 때마다 부산에서 서울로 가는 길을 잘 버틸 수 있을까?

갑자기 응급 상황이 발생했을 때 부산에서 서울까지 골든타임을 놓치지 않고 제때 갈 수 있을까?

서울로 이사해야 하는 경우 네 살인 딸과 단둘이서 병원 치료와 살림을 해낼 수 있을까?

나는 모든 질문에 선뜻 답을 할 수가 없었다. 남편과 의논 끝에 지방에서 딸의 항암 치료를 시작하고, 예후가 좋지 않은 증상들이 발견되면 서울로 전원해서 치료하기로 했다. 우리 가족은 의료진과 병원 관계자를 믿고 양산부산대학교병원에서 치료를 시작했다. 높은 생존율만 생각하기로 했다. 만에 하나 있을 수 있는 나쁜 소식에 초점을 두는 것은 현재 치료에 도움이 되지 않았다.

병원은 특별한 곳이다. 첫 진단 받은 환자들과 유지 치료하는 아이들, 소아암이 재발하여 다시 치료를 시작하는 아이들이 있는 곳이기 때문에 병원에서는 아픈 아이들을 만날 수밖에 없다. 그럼에도 내 눈에는 보이지 않지만, 항암 치료를 잘 끝내고 회복하는 아이들이 집에서 가족들과 잘 지내고 있다는 사실을 잊지 않아야겠다.

어느 날, 서울성모병원에서 아들이 백혈병 치료 중인 직장 선배님과 연락이 닿았다. 아들의 집중 치료 기간은 아버님께서 휴직해서 자녀와 함께 부산에서 서울로 오가며 아들의 항암 치료를 했다. 유지 치료할 때 보호자는 직장에 다니면서 항암 치료가 있는 날은 휴가를 내어 자녀와 함께 서울에 진료를 보러 갔다. 자녀가 진료할 병원을 정하는 것은 보호자의 선택이었다.

나의 고모는 미국 뉴욕에서 30대에 자궁경부암을 진단받았다. 뉴욕 맨해튼 코넬대학 병원에서 방사선 치료를 했고, 치료 종결 후 30년 넘게 잘 지냈다. 하지만 고모는 최근에 건강검진에서 이상 증상이 발견되어 확인해 본 결과, 예전과 똑같은 부위에 다시 자궁경부암이 생겼다. 서울원자력병원에서 진료를 받았는데 30년 뒤에 같은 부위 암 재발은 이례적인 일이라고 했다. 고모는 방사선 치료를 다시 해야 했는데, 문제는 같은 부위에 방사선 치료를 받게 되면 천공이 생길 수도 있었다.

부작용이 우려되었지만, 고모는 원자력병원에서 여러 차례 방사선 치료를 받았다. 방사선 부작용으로 치료 후 몇 달 뒤 앉을 수도 없을 만큼의 고통이 찾아왔다. 고모의 암 재발과 방사선 치료 과정을 지켜보면서 수도권 지역에서 치료를 받는 것만큼 중요한 것은 암 치료 사후 관리와 스트레스 관리라는 것을 깨달았다. 나는 고모의 암 재발 원인이 스트레스 때문이라고 생각한다. 고모는 스트레스가 많았던 일을 모두 정리하고 부산에 있는 병원에서 검진받으면서 건강을 챙기고 있다.

나의 친정엄마는 뉴욕 퀸스 주에 있는 동네 시립병원에서 암 말기 진단을 받았다. 배가 너무 아프다고 바닥에서 구르는 엄마를 보고 나는 911에 전화를 걸었다. 구급차는 동네 시립병원으로 엄마와 나를 데려다주었다. 거기서 엄마의 병명을 찾을 수 없었다. 결국, 수술 후에 혈액암 말기 진단을 받았다. 의사 선생님은 엄마와의 마지막을 준비하라는 말을 했다. 어릴 때는 엄마가 고모처럼 수도권에 있는 유명한 병원에서 치료를 받지 못해서 돌아가신 게 아닐지 생각했던 적도 있었다. 고모의 자궁경부암 재발과 예설이의 항암 치료를 간병하면서 내 생각이 바뀌었다. 엄마의 죽음은 병원 탓이 아니라 자신의 운명이었다. 엄마가 살 운명이었다면 어디서 누구에게 치료받았더라도 살았겠다는 생각이 들었다.

비수도권 지역에서 딸아이의 소아 백혈병 치료를 시작할 때 가장 중요한 것은 보호자의 마음가짐이었다. 우리 가족은 예설이의 소아 백혈병 완치를 믿었다. 나는 병원에서 보내는 일과를 꼼꼼하게 기록했다. 기록한 것을 보고, 궁금한 것이 생기면 교수님께 물었다. 병원 생활을 같이하는 소아암 보호자들에게도 적극적으로 묻고 배웠다. 간 수치나 염증 수치처럼 궁금한 게 생기면 간호사 선생님께도 확인했다. 보호자가 해야 할 일은 철저하게 계획하고 실천했다. 딸아이의 항암 치료를 잘 마치고 싶다. 우리 가족은 지방에서 소아 백혈병을 치료하는 가족들에게 희망이 되고 싶다.

6

소아 백혈병 치료비에 대한 부담

30년 전에는 암 치료가 비쌌다. 남편의 여동생이 소아암 치료받을 때 만해도 어머님 혼자서 치료비를 감당할 수 없어 가족들로부터 경제적인 도움을 받았다. 나의 친정엄마도 혈액암 말기 치료를 6개월 동안 받았을 때 병원비는 정확히 알지 못하지만 큰 액수였다. 예설이는 2022년 소아암 진단을 받았다. 딸의 치료 기간 필요한 치료비가 얼마인지 알아야 했고, 언제까지 휴직하고 회사에 복직할지를 정해야 했다.

인터넷 창 네이버에 '백혈병 치료비'라고 검색해 봤다. 소아 백혈병 치료 종결한 아이의 보호자가 만든 영상이었는데 소아 백혈병 치료비는 평균 1,200만 원에서 1,500만 원이 든다고 했다. 첫 달 400만 원, 집중 치료 기간 500만 원, 유지 치료 2년 200만 원이 든다고 했다. 다행히 30년 전처럼 집을 팔아야 하거나 거대한 빚을 내지 않아도 된다는 것을 알게 되었다.

예설이의 실비 보험 약관도 꼼꼼하게 읽어 보고 상담도 받았다. 딸아이는 특약이 있어 치료비에 보탤 수 있었다. 예설이가 태어날 때 신청했던 제대혈이 치료에 도움이 될까 하고 약관을 찾아봤는데 백혈병 진단 시 지원금을 받을 수 있었다. 첫째 예빈이와 가족들의 보험 약관도 다시 살펴보면서 부족해 보이는 질병에는 금액을 조절했다.

B세포 급성림프모구백혈병을 치료하는 아이들은 '킴리아' 치료를 할 수 있는데 건강보험 적용 전까지는 킴리아 1회 투약 비용이 5억 원에 달했다. 2023년 4월부터 건강보험이 적용되어 1회 투약 비용이 최대 598만 원으로 줄었다. 예전보다 암 치료비에 대한 부담이 확실히 줄었다.

예설이는 미열 또는 고열로 양부대 응급실을 여러 차례 방문했지만, 소아집중치료실은 간 적이 없었다. 딸아이가 열이 나면 83병동에 입원해서 항생제 치료를 받았다. 딸아이는 손톱과 발톱을 자주 뜯어서 수시로 대일밴드, 소독 제품, 연고, 파르나겔 같은 물품을 구매해야만 했다. 나중에는 신생아들이 쓰는 실리콘 밴드를 사서 대일밴드 대신 사용했다. 실리콘 밴드는 고가였지만 피부 부작용이 없어 항상 가지고 다니면서 예설이가 손톱을 뜯으면 붙여 주었다.

소아 백혈병은 치료비 외에 생활비도 많이 들었다. 예설이는 매일 생수를 먹었다. 집중 치료 기간에는 생수병 개봉 후 4시간이 지나면 먹이지 않았다. 남은 물은 내 몫이었다. 생수 세트를 자주 시켜야 해서 물값도 초반에는 많이 들었다.

딸아이가 음식을 먹고 난 뒤에 양치하고 멸균 생리식염수로 가글시켰는데 구내염이 찾아왔을 때는 별도로 처방받아서 탄툼, 뮤테라실, 파르나겔과 같은 제품을 입안에 사용해야만 했다. 가끔 비급여 항암 치료제로 바꿔야 하는 아이들도 있었는데 딸은 다행히 비급여 치료를 한 적이 없어 치료비에 대한 큰 부담 없이 치료받을 수 있었다.

한국백혈병어린이재단, 한국백혈병소아암협회, 관할 보건소에 치료비와 외래 진료비를 지원받을 수 있는 혜택이 있었고 생수와 소독 티슈 같은 치료 필수품도 신청할 수 있는 제도가 있었다. 나는 한국백혈병소아암협회에서 1년 동안 백산수 세 박스를 매달 지원해 주는 프로그램에도 신청했다. 이처럼 보호자가 신청할 수 있는 제도는 꼼꼼하게 챙겨 생활비에도 보탬이 되었다. 양부대 범준이 엄마는 자신이 신청한 프로그램은 꼭 주변 환우 가족들에게 카톡으로 알려 주었다. 나도 소통하는 환우 엄마들에게 도움이 되는 소식은 알려서 빠짐없이 신청할 수 있게 챙겼다.

우리 가족은 소아암 치료비에 대한 부담은 항상 있었지만 생활비도 잘 조절해서 사용하려고 노력했다. 생수와 같은 필수품에 대한 지출은 계속 유지하면서 장난감과 같은 지출은 줄일 필요가 있었다. 병원에 입원할 때마다 딸에게 장난감을 자주 사 주었는데 유지 치료로 넘어가면서 그 횟수도 줄었다. 집과 병원에 있는 시간보다 외출하는 시간이 늘어날수록 예설이도 장난감에 대한 집착을 조금씩 내려놓을 수 있었다.

남편은 치료비와 생활비 외 긴급 자금을 미리 마련해 두었다. 현금과 마이너스 통장 잔고와 급할 때 어느 통장을 깰지도 생각해 두었다. 불청객 소아암은 우리 가족의 세부적인 재정 부분까지도 생각해 보는 시간을 갖게 해 주었다. 딸의 소아암 치료가 종결된 후에도 건강 식단과 운동 그리고 스트레스 관리는 이어져야 한다. 우리 가족은 생활비를 잘 조절해서 사용하는 연습이 필요하다.

7

소아암 치료 종결을 바라보며

예설이는 네 살에 소아 백혈병 진단을 받았다. 항암 치료 기간은 최대 3년이다. 항암 치료가 끝난 후에는 1박 2일 병원에 입원해서 중심정맥관 제거 시술을 한다. 소아암 진단받은 후 5년까지는 규칙적으로 소아혈액종양과에 방문해야 한다. 소아 백혈병에서 거론되는 생존율도 5년까지의 수치다. 그 이후의 생존율은 추적하지 않는다고 했다. 5년이 지나면 매년 건강검진을 받으며 몸 관리를 한다. 항암 치료가 끝나면 채소와 과일도 챙겨 먹고, 구이와 볶음 요리보다는 찌거나 데친 식습관이 도움이 된다. 극심한 운동은 삼가야 하지만 땀 흘리는 운동은 해야 한다. 항암 치료 한 아이들은 뼈에 좋은 영양제도 잘 챙겨야 한다.

소아암 치료하면서 딸아이에게는 언니들이 생겼다. 병원에서 진료 보고 나서 근처 식당에서 세 가족이 모였다. 유나, 예나, 예설이와 함께 엄마들에게도 특별한 날이었다. 아이들 피검사 수치가 낮을 때라 나는 일회용 수저와 포크 그리고 일회용 비닐장갑을 챙겨 갔다. 혹시 모를 감염에 조심하고 싶었다. 식사를 마치고 햇빛이 쨍쨍한 마당에서 아이들과 엄마들은 함께 사진을 찍었다. 나는 이때 세 가족이 찍은 사진을 작은 액자로 만들어 선물했다. 수술을 앞둔 유나에게 마음만큼은 항상 함께한다는 걸 전해 주고 싶었다.

유나, 예나, 예설이가 만난 지도 벌써 1년이 훌쩍 지났다. 유나는 큰 수술을 잘 마치고 서울에 있는 병원에 정기적으로 방문하며 추적관찰 중이다. 유나는 춤을 아주 잘 춘다. 춤추는 모습을 보고 있으면 괜스레 덩달아 기분이 좋아진다. 예나는 유유자적한 하루를 보낸다. 자유로운 예나다. 예나를 통해서 알게 된 세쌍둥이 하율이는 달리기도 잘하고 킥보드도 잘 탄다. 평소 운동을 많이 해서 그런지 하율이는 체력이 좋다. 예설이는 주로 병원과 집에서 생활하지만, 가족들과 함께 데이트하면서 소소한 행복을 누리고 있다. 아이들은 소아암 치료 중이지만 평범했던 일상으로 돌아가는 중이다. 소아암 가족들은 아팠던 만큼 일상의 소중함을 누구보다 잘 알고 있다.

어느 날 문현정 작가님에게 연락이 왔다. 작가님의 어머님께서 암을 이겨 내고 계시는데, 맨발 걷기가 도움이 된다고 하셨다. 생각해 보니 우리 가족은 예설이와 함께 키즈카페에 다닌 적은 많았지만, 공기 좋은 곳에 간 적은 없었다. 추운 겨울이 지나면 가족들과 함께 자연 속 캠핑도 다시 다녀야겠다는 생각이 들었다. 나는 어린이가 할 수 있는 맨발 걷기 장소를 찾아봤지만, 갈 만한 곳을 찾지 못했다. 딸아이는 아직 항암 치료 중이라 맨발 걷기를 하다가 발을 다칠 수도 있으니 맨발 걷기는 아니라도 예설이가 당장 할 수 있는 것이 무엇인지 생각해 봤다.

딸아이는 발레가 하고 싶다고 했다. 나는 예설이가 발레할 곳을 알아보고 등록했다. 일주일에 한 번이지만 딸은 발레 가는 토요일을 손꼽아 기다렸다. 발레 수업 첫날 딸아이는 발레 동작을 열심히 따라 하려 했지만, 몸은 잘 따라 주지 않았다. 그래도 신나게 참여했다. 예설이는 발레 수업 마치고 나면 많이 피곤해했다. 낮잠도 하루에 두 번씩 잤다. 예설이는 잠을 많이 자면서 피로를 풀었다.

평일에는 두 딸과 함께 집 주변을 산책했다. 일주일에 한두 번씩은 아빠와 함께 박물관이나 미술관에 다녀왔다. 서울에서 백혈병 치료 중인 지인의 아들은 친구들과 농구하고 나서 몸에 무리가 되었는지 대상포진에 걸렸다는 소식을 들었다. 지인은 항암 치료 중인 아이들은 면역력이 약하기 때문에 무리한 운동보다 서서히 운동량을 늘리는 게 좋다며 조언해 주었다. 우리 가족은 딸아이에게 맞는 운동을 찾아가는 중이다. 발레 수업과 산책을 다니면서 조금씩 운동 습관을 기르고 있다.

유지 치료가 시작되고 예설이가 처음으로 열이 났을 때다. 나는 천안 아산에서 교육받고 있었고 남편은 휴가를 낼 수 없는 상황이라 어머님께서 집에서 예설이를 돌봐 주셨다. 딸아이는 다행히 열은 38.5도까지만 났고 그 이후로는 괜찮았다. 나는 집에서 떨어져 있어 예설이가 열이 나면 병원 응급실에 가는 것과 먹는 항암 약은 어떻게 해야 할지 고민이 되었다. 소아혈액종양클리닉에 문의하니 예설이가 밥도 잘 먹고, 미열만 나면 집 근처 소아과에서 해열제를 처방받아도 된다고 하셨다. 혹시 예설이 컨디션이 처지거나 잘 먹지 못하고 열이 나면 병원 응급실로 가라고 하셨다. 딸아이는 열이 내린 후에 외래 진료를 보러 갔다. 피검사 수치가 낮아서 먹는 항암 약은 일주일 동안 쉬었다. 예설이가 열이 나면 어떤 경로로 감염될지 몰라 우리 가족은 항상 긴장했다. 집 화장실부터 방문 손잡이까지 청소도 평소보다 꼼꼼하게 했다.

나의 가장 중요한 간병 원칙은 '잘 먹이기'였다. 병원 입원 치료 중에는 집에서 만드는 요리처럼 해 줄 수 없었다. 편의점, 마트에서 살 수 있는 것들을 예설이에게 먹였다. 스테로이드 약의 부작용으로 예설이는 카레와 짜장처럼 자극적인 음식을 찾았다. 매 끼니 채소, 과일, 다양한 반찬을 주고 싶었지만, 밥과 반찬보다는 진라면을 먹고 싶어 했다. 독한 항암을 버티기 위해서는 뭐든 먹여야 했다.

딸아이는 물을 너무 안 먹어서 물 먹는 양을 늘리고 있다.

여전히 노력 중이다. 유지 치료 때는 생수병을 4시간마다 교체하는 대신 500밀리 물병으로 마셨다. 오전부터 마셨던 물은 오후까지 다 마시게 했다. 남은 물은 양치질할 때 사용했다. 나는 아침에 일어나면 500밀리 생수병 두 개를 식탁 위에 꺼내 둔다. 예설이가 물과 친해지게 하기 위해 엄마, 아빠는 노력한다.

병원에서 입원 치료 중에 신경모세포종 치료 중인 수민이를 만났다. 예설이는 수민이를 아가라고 불렀다. 수민이는 양부대에서 치료하다가 서울에 있는 병원으로 옮겼다. 수민이 엄마는 인스타그램을 통해서 수민이의 소식을 매일 전했다. 수민이 엄마는 수민이와 함께하는 마지막 가족여행 소식을 전했다. 수민이는 여행 내내 진통제로 버텼다. 마지막 순간은 병원에서 가족들과 이별했다. 수민이는 소풍을 떠났다. 수민이 엄마는 아들을 떠나보낸 슬픔을 고스란히 SNS에 글로 남겼다. 나는 수민이네 소식을 수민이의 엄마가 올린 사진과 글로 접했다. 어느 날 수민이가 떠난 빈자리에 수민이 동생이 찾아왔다. 넷째를 가진 수민이 엄마는 여전히 수민이를 그리워하지만, 가족들과 삶을 이어 가고 있다.

나는 죽음을 자주 생각하는 편이지만, 여전히 죽는 건 두렵다. 하지만 내 일상을 언제 찾아올지도 모르는 죽음에 맡기고 싶지는 않다. 아프고 힘들지만, 일상으로 돌아가려는 수민이 엄마의 모습을 보면서 삶은 이어 가는 것임을 배웠다. 우리 가족은 힘든 순간에도 끝까지 희망을 포기하지 않고 삶을 이어 갈 것이다. 삶은 포기하지 않을 때 그 끝이 있을 테니까.

8

치료 일기 쓰며 알게 된 것들

나는 틈틈이 인터넷에 소아 백혈병과 관련해서 자주 검색했다. 예설이에게 도움이 될 정보가 있는지 인터넷 사이트를 찾고 또 찾았다. 찾을수록 백혈병으로 세상을 떠난 아이들의 이야기를 접하게 되었다. 남편은 마음 아프니까 떠난 아이의 이야기는 읽지 말자고 했지만 나는 눈물을 흘리면서 아이를 떠나보낸 보호자가 쓴 글도 읽었다. 소아 백혈병에 대해 잘 모를 때라 이해가 되지 않는 내용도 많았지만, 나는 소아암 보호자가 쓴 글을 읽고 또 읽었다.

병원에서 일과가 끝나면 나는 『상우의 무균실 일기』를 조금씩 읽었다. 보호자가 알아야 할 것이나 예설이에게 도움이 될 정보는 빨간색으로 밑줄을 쳤다. 병원에서 나눠 준 책자도 읽었다. 〈소아암 환아와 가족을 위한 안내서〉, 〈소아 청소년 암 환자 영양 가이드〉, 〈소아 청소년 암 환자와 가족을 위한 지원 정보〉, 〈항암 치료와 영양 관리〉, 〈소아 백혈병의 치료〉, 〈2022년 양산부산대학교병원 소아암 환아 보호자 교육 자료집〉까지 모두 다 읽었다. 내가 가지고 있는 자료들을 여러 번 반복해서 읽고 또 읽었다.

나는 노트에 일과를 기록했다. 한 페이지에 4등분으로 되어 있는 노트였다. 예설이 치료, 예설이 케어, 백혈병 치료 종결, 외부와의 소통. 이렇게 네 개의 영역으로 나눠서 매일 노트에 기록했다. 기록한 것을 보면서 블루투스 키보드로 인스타그램에 예설이 소식을 알렸다. 교수님이 회진 오시면 내가 물어본 것과 교수님이 직접 해 주신 말도 기록했다. 예설이 보살핌 부분에는 좌욕, 양치(거즈 포함), 가글 횟수를 꼼꼼하게 적었다. 외부와의 소통에는 전화 통화, 카톡, 택배 받은 것이 있으면 남겼다. 내 마음속에는 딸아이가 반드시 평범했던 일상으로 꼭 돌아간다는 믿음이 있었다. 예설이는 사회로 돌아가야 하기에 외부와의 소통의 끈을 놓지 않고 싶었다. 나는 딸의 항암 치료에 집중하면서 노트에는 일과를 기록하며 하루하루를 버텼다.

나의 일과는 치료 일기로 끝났다. 머리가 아픈 날도, 육체적으로 피곤했던 날도 치료 일기를 썼다. 매일 읽었던 『상우의 무균실 일기』처럼 예설이의 항암 치료 이야기도 언젠가는 소아암 가정에 도움을 주었으면 하는 마음도 있었다. 기록해 두지 않으면 그날 있었던 일과 감정을 알 수 없다. 시간이 지나면 아무리 중요한 기억도 흐려진다. 기억을 최대한 붙잡으려면 사진과 글로 남겨 두어야 한다.

예설이의 치료 일기를 쓸수록 목표를 설정하는 나를 발견했다. 나는 2024년 8월 소아 백혈병 치료 종결이라는 끝을 생각했다. 매일 문장을 정해 중얼거렸다.

1. 관해 성공해서 퇴원하기
2. 퇴원 후 집에서의 생활 배우고 익히기
3. 입원 준비물 챙기기
4. 응급실 가방 미리 준비하기
5. 합병증 예방법 연구하기

6. 양산부산대학교병원 엄마들과 꾸준히 소통하기

나는 여섯 가지 목표를 설정하고 매일 실천한 일을 기록했다.

2022년 9월 7일(수) 실행

1. 일곱 가지(잘 먹기, 잘 자기, 양치와 가글, 좌욕, 열 체크, 손발 씻기, 약 먹기) 잘 챙기기

2. 집에서 필요한 물품 적어 보기

3. 케모포트 소독법 익히기

딸아이의 치료 일기를 쓸수록 오늘 내가 무엇을 해야 하는지 정확하게 알 수 있었다. '외부와의 소통' 부분을 기록하면서 내가 평소 좋아하는 작가 피터 드러커의 책 『프로패셔널의 조건』이 문득 떠올랐다. 아래의 문장을 병원에서 일과를 마치고 내 노트에 기록했다.

"새로운 일이 요구하는 것을 배워라."

위와 같은 문장을 읽으니 이런 질문이 떠올랐다.

"예설이 간호할 때 나는 어떻게 변해야 하고, 무엇을 배우고 알아야 할까?"

나는 딸을 지키는 간호사로 변신해야겠다고 생각했다. 나는 딸에 대한 모든 것을 알아야 했다. 진짜 간호사처럼 직접 주사를 줄 수는 없지만 이 병에 관해 알 수 있는 것은 모두 알아야 했다. 나의 게으름을 버리고 청소도 꼼꼼하게 했다. 예설이가 오리 꽥꽥 변기통에 볼일을 보고 나면 변기통을 뜨거운 물로 씻어서 소독 티슈로 닦고 소독 스프레이도 뿌렸다. 나는 변기통을 완전히 건조한 후에 딸이 사용하도록 했다. 좌욕기도 마찬가지로 소독을 철저하게 했다. 케모포트 연결된 줄도 빠지지 않게 신경 썼다. 이마와 몸 온도도 체온계로 수시로 확인했다. 나는 변해야만 했다.

딸의 항암 치료 시작 후 3개월쯤 지났을 때 나는 디스크 탈출증 진단을 받았다. 신경성형술을 시술받고 며칠 입원한 후에 퇴원했다. 집에서 쉬면서 백혈병 환우회 대표님이 추천해주신 책 『은찬이의 연주는 끝나지 않았습니다』을 읽었다. 소아암 가족들을 돕고자 하는 저자의 마음이 느껴졌다. 은찬이 어머님의 책을 읽으면서 나는 예전에 읽었던 책 『육일약국 갑시다』가 떠올랐다. 그 책을 읽고 나만의 문장을 만들어 매일 읽었던 기억이 났다.

"나는 하나라도 더 깊이 생각하고, 작은 일에도 온 힘을 기울이고, 매사 1.5배 정성을 다하고 일상에서 만나는 모든 사람을 보물로 여기면서 인생의 깊이와 넓이가 생겨나고 있어 너무 행복하고 감사합니다."

나는 작은 일에도 온 힘을 기울이는 사람이었다. 은찬이 어머님이 쓰신 책을 읽으면서 딸아이의 치료 일기 쓰기를 잘했다는 생각이 들었다.

어느 날 내 블로그에서 예설이의 치료 일기를 읽고 누군가 글을 남겨 주셨는데 예설이 치료 시작할 때의 내 마음 같아 보여 마음이 뭉클했다.

"안녕하세요? 두 딸 엄마입니다. 26개월 둘째 딸이 백혈

병(b-ALL) 진단받고 항암 5일 차인 새내기(?)입니다. 써 주신 글을 밤새 정독하고 배우고 있습니다. 기록 남겨 주셔서 감사합니다. 워낙 희귀한 병인지 정보 찾기도 쉽지 않더라고요. 저에게 희망이 되는 글 써 주셔서 감사합니다! 오늘도 차근차근 다시 읽어 봐야겠어요."

딸의 치료 일기는 나 혼자서 썼지만, 소아암 가족들과 함께 읽었다. 치료 일기는 우리 가족에게도 도움이 되는 것이 많았다. 항암 치료 후에 딸에게 부작용이 찾아오면 예전 치료 때와 비슷한 증상도 있었다. 몇 달 지난 일은 잘 생각이 나지 않았는데 치료 일기를 남긴 기록 덕분에 도움이 된 적도 많았다. 치료 일기는 하루를 돌아보는 반성의 시간도 되었고 딸과 함께했던 추억 소환용 기록도 되었다. 내가 치료 일기에 담고자 했던 것은 희망이었다. 한 줄기 빛이면 충분했다.

백혈병, 아는 만큼 보인다

2장

1

이겨 내자, 백혈병

백혈병은 '골수성'과 '림프구성'으로 나뉘며 세포의 기원에 따라 급성과 만성으로 나뉜다. 급성골수성백혈병, 급성림프구성백혈병(급성림프모구백혈병), 만성골수성백혈병, 만성림프구성백혈병 4종류로 분류한다. 백혈병은 인체 조혈기관인 골수의 정상 혈액 세포가 특정 원인으로 인해 암세포로 전환, 증식하면서 발생하는 혈액암이다. 백혈병은 혈액암 가운데 현재 가장 널리 알려진 암으로, 백혈구에서 기원한 암을 통칭한다. 소아는 95% 이상이 급성이다. 급성은 다시 급성림프모구백혈병과 급성골수성백혈병으로 나뉜다. 미국에서는 소아백혈병 발생률은 급성림프모구백혈병 77%, 급성골수성백혈병 11%이다. 한국에서는 급성림모구백혈병은 60%, 급성골수성백혈병 24%이다.(1999년~ 2011년 발생 기준) 급성백혈병은 미성숙한, 즉 분화가 안 된 세포가 암세포로 진화하는 것이고 만성백혈병은 분화가 다 끝난 세포들이 악성화돼 늘어난 것이다. 급성은 골수를 파괴하고 환자에게 증상을 일으키게 하는 제반적인 양상이 훨씬 빠르게 나타나는 경향이 있다. 만성은 굉장히 천천히 진행하는 양상들이 많다.

림프구는 B 림프구, T 림프구, NK 림프구 등이 있다. 림프구성백혈병의 절대다수는 B 림프구, T 림프구의 문제다. 특히 B 림프구, T 림프구로부터 기원하는 아세포(아직 성장하지 않은 세포)가 되는 것을 '급성림프모구백혈병'이라고 한다. '급성림프모구백혈병'은 전체 소아 백혈병의 약 70%를 차지한다. 소아에 흔한 급성림프모구백혈병은 좀 독특하게 영유아 때 발생이 상당히 높은 암이다.

백혈병을 공부해 보니 위와 같은 내용이 있었다.

예설이는 양산부산대학교병원에서 골수 검사, 간 기능 검사를 포함해서 여러 가지 검사를 했다. 딸의 골수 안에는 66% 암이 있었는데 암세포에 의한 발열인지 감염에 의한 발열인지 확인 후에 항암 치료를 시작했다. 항암 치료 시작 후에는 종양용해증후군(TLS)이 생길 수 있어 딸을 잘 지켜봐야 했다. 세포 내 독성 물질이 콩팥으로 빠져나가야 하는데, 세뇨관에 막혀서 소변이 나오지 않으면 중환자실에 가야 할 수도 있었다. 양 교수님은 예설이 피검사를 통해 이상 여부를 확인할 수 있고, 수액과 먹는 약으로 예방할 수 있다고 했다. 나는 딸아이의 대소변량을 잘 기록했다. 아침마다 딸은 피검사로 수치를 확인했고 피검사는 예설이를 살리는 일이었다. 딸아이의 소변량이 적은 날은 새벽에 이뇨제를 맞았다. 1시간마다 기저귀로 배출되는 소변에 나는 감사했다.

예설이의 급성림프모구백혈병은 네 개의 치료 단계를 거쳤다. 첫 번째, 관해 유도 기간은 말초혈액 혈구 수치들이 정상화되고 골수에서 백혈병 세포가 5% 미만이 된 경우를 말한다. 대략 한 달 동안 관해 유도 기간이 진행되었다. 예설이는 척수 항암을 포함해서 세 가지 약물을 사용했다. 이 기간에는 피검사를 했을 때 호중구 수치가 낮으면 감염에 조심해야 했다. 딸의 감염 예방을 위해서 마스크를 항상 착용하게 하고 가글, 좌욕, 손발 씻기를 철저하게 시켰다. 딸아이는 7

일째, 14일째 모두 골수 검사를 했다. 한 달 뒤에 관해가 잘 되었다고 의료진이 알려 주었다. 퇴원하기 전에 예설이는 중추신경계 예방 치료를 포함해서 남아 있는 백혈병 세포를 제거하는 공고 치료를 시작했다. 딸아이는 2022년 9월 24일 토요일, 휠체어를 타고 83병동에서 퇴원했다.

예설이는 공고 기간에 척수 항암을 네 번 했다. 먹는 항암약도 처방받아서 복용시켰다. 딸의 1차 중간 유지는 외래에서 8주간 진행되었다. 척수 항암을 포함하여 MTX와 빈크리스틴 항암 치료를 했다. 지연강화요법은 입원 치료 한 달이었다. 첫 2주는 척수 항암을 시작으로 엉덩이 주사(아스파라기나제)와 다른 약물들이 투입되었다. 나머지 2주는 사타라빈 항암 치료를 하면서 별도로 먹는 약을 처방받아서 딸에게 먹였다.

이어서 외래 주사실에서 2차 중간 유지 요법으로 8주간 진행되었다. 다섯 번의 MTX 항암 치료를 해야 했는데 예설이는 네 번만 했다. 피검사 수치가 거의 한 달 동안 회복되지 않아 항암 치료 하나는 못 했다. 1차 중간 유지는 구내염과 구토와 같은 부작용이 많았고, 2차 중간 유지는 부작용보다 피검사 수치가 잘 오르지 않았다.

마지막으로 유지 요법은 먹는 항암 약이 많아졌다. 딸은 2주에 한 번씩 병원에 가서 피검사를 하고 진료받고 항암 약을 처방받아 왔다. 나는 달력을 만들어 예설이가 먹어야 하는 항암 약을 요일별로 기록했다. 항암 약을 먹인 후에는 달력에 엑스 표시를 했다. 딸아이는 외래 주사실에서 한 달에 한 번씩 빈크리스틴 항암 치료를 했고, 3개월마다 척수 항암을 했다. 예설이는 유지 치료 중에 피검사 수치가 낮으면 일주일간 먹는 항암 약을 쉰 적도 있었다. 피검사 수치가 회복되면 진료 보고 나서 다시 항암 약을 먹었다.

양부대 83병동은 소아암을 치료하는 아이들이 생활하는 곳이다. 딸아이처럼 다인실에서 항암 치료를 받는 아이들도 있고, 수치가 낮아서 또는 조혈모세포 이식을 위해 무균실에서 생활하는 아이들, 집중치료실에서 힘든 고비를 넘기고 있는 아이들도 있다. 나는 병원에서 지낼 때 오직 하루에만 집중했다. 딸아이와 함께 자주 웃으려고 노력했다. 나의 하루 목표는 예설이와 함께 온전히 시간을 보내는 것이었다. 지금, 이 순간이 마치 다시는 돌아오지 않을 것처럼 오늘 하루에 몰입하고 최선을 다했다. 이겨 내자, 백혈병.

2

180도 다른 삶을 살아 내는 아이들

예설이는 아침 9시가 되면 어린이집에 등원해서 친구들과 잘 보내고 오후 4시가 되면 집으로 돌아왔다. 2022년 어린이날 등원할 때였다. 어린이집 앞마당에서는 시상식장에서 볼 수 있는 빨간색 카펫이 깔려 있었다. 딸은 라푼젤 드레스를 입고 선생님들의 환호를 받으며 어린이집으로 걸어갔다. 그날 어린이집에서는 기념사진을 종이 액자에 넣어서 집으로 보내 주셨다. 노란색 원피스를 입고 메롱 하는 딸의 사진이었다. 얼마 후에 가족 운동회도 열렸다. 예설이는 또래 친구들과 함께 빨간색 바통을 들고 릴레이 달리기를 했다. 두 행사를 마지막으로 딸아이는 어린이집을 퇴소했다. 네 살인 딸의 일과는 예전의 삶과는 완전히 달라졌다.

83병동에서 하루가 시작되었다. 아침 7시에서 8시 사이에 일어나 피검사 하기 전에 몸무게부터 확인해야 했다. 병원에 있는 것 자체를 싫어했던 예설이는 병실 밖을 나가려고 하지 않았다. 나는 스티커를 챙겨 가서 간호사 선생님께 붙여 드리자고 딸을 설득했다. 예설이가 허락하면 나는 예설이 손을 잡고 링거대를 밀면서 걸어서 복도로 나왔다. 딸의 몸무게를 확인하고 벽에 붙어 있는 종이에 기록했다. 나는 병실로 돌아오자마자 예설이를 화장실로 데려갔다. 딸의 링거 줄을 잘 정리하고 미리 챙겨둔 클렌징폼으로 예설이의 얼굴과 손발을 씻기고 일회용 티슈 한 장을 뽑아서 딸의 얼굴을 닦았다. 예설이를 침대에 앉혀 두고 다른 아이들이 화장실을 쓰는 데 불편함이 없도록 물기 제거 와이퍼로 바닥 정리도 하면서 깨끗이 청소했다. 항암 치료로 피부가 많이 건조해져 딸의 얼굴과 몸에도 로션을 듬뿍 발라 주었다. 스테로이드 약 복용으로 인해 예설이가 몸이 간지럽다고 하면 수딩젤과 로션을 번갈아 가면서 발라 주었다.

아침 8시 전후로 피검사 하시는 간호사 선생님이 방마다 방문하셨다. 피검사를 마치면 딸은 아침을 먹었다. 예설이는 병원 밥은 흰밥과 숭늉만 먹고 반찬은 잘 먹지 않았다. 돈가스, 파스타, 핫도그, 라면과 같은 밀가루 종류의 음식을 주로 찾았다. 딸이 찾는 것이 매번 달라서 먹고 싶어 할 때 편의점에서 사 왔다. 건강식품은 아니었지만, 예설이가 독한 항암을 버티기 위해서는 잘 먹어야 한다는 말을 나는 매일 되새겼다.

항암 시작 일주일 만에 딸은 설사를 했다. 장염 사포 바이러스였다. 예설이는 병실에서 격리되었고 침실 밖을 돌아다닐 수 없게 되었다. 보호자인 나는 식판을 버리거나 병실 밖 화장실을 이용할 때 파란색 비닐 옷을 입고 라텍스 장갑을 껴야만 했다. 설사로 인해 미음과 숭늉만 일주일 동안 먹었더니 딸아이는 살이 빠졌다.

오전은 교수님 회진 시간이다. 세 분의 교수님이 계셨을 때는 요일별로 번갈아 오셨다. 예설이 몸을 잘 관찰하면서 평소와 다른 증상이 발견되면 나는 메모지에 적어 두었다가 교수님께 물어봤다. 처음 병원에 왔을 때처럼 예설이 몸이 상하지 않게 돌봐야 했다.

월요일, 수요일, 금요일 되면 끝방부터 아이들의 울음소리가 들렸다. 일주일에 세 번씩 엉덩이 주사를 맞는 날이었다. 아이들은 엉덩이 주사 맞기 전에 팔 안쪽에 알레르기 반응 검사부터 했다. 딸아이가 주사를 안 맞으려고 몸부림을 심하게 쳐서 간호사 선생님 두 분이 더 오셨다. 인턴 선생님이 너무 긴장하셨는지 마취 연고를 안 바른 부위에 주사를 놓으셨다. 예설이는 너무 아파하며 계속 울었다. 하지만 1시간 뒤에 엉덩이 주사가 또 기다리고 있었다. 두 차례의 주사가 끝나고 한참을 울고 나서야 딸아이는 평소처럼 한 번씩 내게 웃어 주었다.

병원과 집을 오가는 연속이었다. 딸이 병원 생활에 익숙해질수록 일상에서 사용하는 단어들이 예전과 달라졌다.

"엄마, 케모포트 소독해서 오늘 너무 아팠어."

"엄마, 가글하자."

"엄마, 응가하고 우리 좌욕하자."

"엄마, 외출했으니까 손 씻자."

"엄마, 따끔(피검사) 너무 아팠는데 예설이 울지 않고 참았어."

"책상 더러우니까 소독 티슈로 닦아 줘."

예설이의 일과는 하지 말아야 할 것이 대부분이었다. 어린이집에 가면 안 돼요. 친구들과 만나서 못 놀아요. 피검사 수치가 낮으면 외출도 안 돼요. 열이 나면 집이 아닌 응급실에 가야 해요. 심하면 입원해야 해요. 감기에 걸리면 외출이 안 돼요. 항상 마스크는 벗으면 안 돼요.

병원에서 항암 치료할 때는 예설이의 말수가 점점 줄어 필요한 말만 했다. 다른 방 아이들과 노는 횟수도 줄었다. 병원 이모들이 딸에게 말을 걸면 "싫어."라고만 대답했다. 예설이 별명이 〈캐치! 티니핑〉의 '싫어핑'이 되었다. 나는 딸이 힘든 항암 치료를 버틸 수 있게 도와야 했다. 결국 나는 예설이에게 넷플릭스 시청을 허락했다. 아프기 전에 시청 금지했던 미니특공대를 마음껏 보여 주었다.

병원 외래 주사실에서 소아암 환우인 로건이를 만났다. 로건이는 척수 항암을 마친 상태였다. 1시간 엎드려 누워 있어야 했는데 로건이가 바로 누우려고 해서 아이와 엄마 둘 다 땀에 흠뻑 젖어 있었다. 나는 로건이 엄마에게 티슈를 건네고 로건이가 일어서지 않게 몸을 잡아 주었다.

잠시 후 간호사 선생님이 오셔서 예설이 이름을 불렀다. 딸을 데리고 가서 간이침대에 눕혔다. 중심정맥관 케모포트를 바늘로 찌를 때 딸은 입술을 파르르 떨며 "너무 아파."라며 계속 울었다. 케모포트를 통해서 항암제가 딸아이의 몸속으로 들어갔다. 간호사 선생님은 몇 분 뒤 항암제가 남김없이 들어갈 수 있도록 링거 줄을 높이 위로 들어 주었다. 항암약을 다 맞고 간호사 선생님은 딸의 케모포트에 찌른 바늘을 제거하고 소독한 후에 밴드를 붙여 주셨다. 밴드는 내일 때라는 말도 잊지 않고 해 주셨다. 집으로 돌아가기 전 로건이에게 인사하려고 커튼을 여니 아까와는 다른 모습이었다. 로건이는 엄마와 함께 평온한 모습으로 바로 누워 있었다. 엎드려 누워 있어야만 했던 1시간이 끝나고 여유를 찾은 로건이었다.

나는 딸아이와 집에서 이야기하는 시간이 많아졌는데 특히 내가 가장 좋아하는 시간은 자기 전에 천장을 바라보면서 나누는 대화였다. 푸른색 조명과 달과 별이 천장에 보였다. 딸과 머리를 딱 붙여서 손을 잡았다. 나는 예설이에게 언제 행복한지 물었다. 딸아이는 이렇게 대답했다.

"예설이는 아빠랑 놀 때 행복해."

"예설이는 엄마를 보고만 있어도 행복해."

"예설이는 엄마가 세수하고 양치질해 주면 행복해."

"예설이는 책 읽을 때 행복해."

"예설이는 주방 놀이 할 때 행복해."

"예설이는 밥 먹을 때 행복해."

"예설이는 엄마랑 잘 때 행복해."

83병동은 180도 다른 삶을 살아 내는 아이들이 있다. 아이들은 항암 치료하면서 새로운 부작용이 찾아오면 힘들게 버티면서 끝내는 이겨 낸다. 보호자는 자녀가 힘들어하는 모습을 옆에서 함께하다 보면 몸보다 마음이 힘들 때가 많다. 딸아이는 83병동에서 다시 일어서는 법을 배우고 있다. 어른이지만 나는 항암 치료하는 예설이를 보면서 배우는 것이 많았다. 딸과 나누는 대화, 딸의 감정 표현 그리고 병을 대하는 태도를 보면서 나를 돌아보는 시간이 늘었다. 나 또한 예설이 곁에서 180도 다른 삶을 살아가고 있었다.

3

보호자에게 가장 필요한 것

딸아이가 백혈병 진단받기 전 나는 어지럼증으로 치료받고 있었다. 나의 세상은 멈춰 있었다. 가족들을 챙기는 하루, 새벽에 일어나는 삶, 아침 글쓰기와 독서, 사람들과의 만남, 출근해서 일에 집중하는 시간이 내게는 없었다. 내가 할 수 있는 것이라고는 눈을 뜨고 있으면 어지러움을 온전히 겪는 것뿐이었다. 눈 뜨고 있는 시간이 너무 힘들었다. 어지럼증 검사와 한방 치료를 병행하면서 몇 달 후에 어지럼증 증상이 70% 정도 사라졌다. 치료와 일을 병행해 보기 위해 사무실로 출근했다. 그리고 출근한 지 2주 만에 예설이가 백혈병 진단을 받게 되었다. 이번에는 병가가 아닌 휴직계를 냈다. 나는 딸의 간병에 힘썼다. 다른 모든 것은 잊었다.

딸이 있는 병원에 갈 때 나는 내 짐을 따로 챙겼다. 치료 일기로 사용할 노트 한 권, 블루투스 키보드, 휴대전화 거치대, 『상우의 무균실 일기』와 『보이지 않는 힘(Your invisible power)』 책 두 권, 줄 노트, 필기도구.

나는 『보이지 않는 힘(Your invisible power)』 시각화의 효과에서 읽은 한 문단을 매일 읽었다. 나는 책에서 읽은 대로 매일 내 머릿속으로 시각화 연습을 했다. 예설이가 건강하게 우리 집 문을 열고 들어가는 모습, 집에서 가족들과 생활하는 모습을 마음속에 의식적으로 그려 보고, 살펴봤다. 내가 머릿속으로 그린 그림이 정말 내가 원하는 것인지 생각했다. 매일 몸은 병원에 있었지만, 무의식을 통해 내가 원하는 그림을 머릿속으로 그렸다. 점점 내 머릿속에서 질서가 생기는 것만 같았다. 예설이와 함께 건강하게 집에서 살아가는 모습이 나의 우선순위였다. 매번 더 강렬하게 내가 원하는 이미지가 자리 잡아 갔다. 누가 시킨 것도 아닌데 나는 매일 머릿속으로 훈련했다. 나는 내가 그린 이미지대로 될 것이라고 찰떡같이 믿고 있었다.

지구대에서 근무하는 남편은 4조 2교대 근무 체계로 인해 낮에 집에 있는 시간이 많았다. 남편은 매일 저녁 내가 쓴 딸의 치료 일기를 읽었다. 남편은 마음으로 함께해 주었다. 남편도 첫째 예빈이가 있어서 예설이를 볼 수 없었던 시간을 버틸 수 있었다고 했다.

2023년 2월 초 나는 직장에 복직했다. 우리 부부는 교대 근무로 인해 매일 예설이 곁에 있는 사람이 달랐다. 규칙적인 일상을 위해 나는 복직 후에 주간 부서로 옮겼다. 내가 주간 부서로 옮긴 후 제일 힘들었던 사람은 남편이었다. 4일마다 야간 근무를 마치고 퇴근하면 딸아이를 돌봐야 해서 남편은 잠을 제때 잘 수가 없었다. 어머님께서 집에 오셔서 자주 예설이를 돌봐주셨지만, 병원 일정이 있는 날은 못 오시는 날도 있었다. 나의 육아 시간을 아침으로 변경해서 남편의 부족한 잠을 조금이나마 채워 줄 수 있었다. 우리 부부는 맞벌이하면서 딸아이의 백혈병 치료를 이어 가고 있다. 아프기 전 평범했던 일상으로 돌아가는 중이다.

나는 〈금쪽같은 내 새끼〉 프로그램을 우연히 보게 되었다.

자폐 진단을 받게 된 한 어머니께 오은영 박사님이 하는 말이 와닿았다.

"지나치게 아이에게 미안한 마음을 가지지 마세요."
"아이에게 죄책감 가지지 마세요."

마치 내 귀에 대고 오은영 박사님이 하는 말 같이 느껴졌다. 나를 위로해 주는 말 같았다. 한 달 만에 끝낼 딸의 백혈병 치료가 아니었다. 계속해서 치료도 하고 건강을 챙겨야 했다.

9개월간의 딸의 집중 치료가 끝나고, 몇 달이 지났을 때였다. 남편의 대학 동기 승혜 언니의 결혼식 피로연에 우리 가족 모두 참석했다. 사람들이 많은 곳에 가는 게 오랜만이었다. 딸아이가 백혈병 진단받았을 때 자기 일처럼 걱정해 주셨던 분들이 모두 계셨다. 마치 얼마 전까지 본 사이처럼 친숙하게 이야기를 나누었다. 오랜만에 편안한 분위기에서 쉬어 가는 시간을 느꼈다. 소아암 보호자에게도 쉼이 필요하다는 것을 깨달은 날이었다.

4

집중 치료 기간 지켜 낸 것들

"항암 치료 잘하고, 밥 잘 먹고, 잘 놀고, 잘 자자."

예설이에게도 정해진 항암 치료 스케줄이 있었지만 나는 단순하게 생각하기로 했다. 백혈구와 호중구 수치가 낮으면 상온에서 2시간 이상 둔 음식은 전자레인지에서 1분 이상 데워서 딸에게 먹였다. 생수도 수치가 낮을 때는 자주 교체해서 먹였다. 나는 좋지 않다는 것은 굳이 하고 싶지 않았다.

관해 유도 기간에 딸아이에게 사포 바이러스 장염이 찾아왔을 때 일주일 동안 숭늉만 먹었다. 바로 이어서 구내염이 생겼다. 딸에게 입안에 멸균 생리식염수를 머물고 삼키지 않는 법을 가르쳤다. 구내염 치료를 위해 독한 탄툼 가글 하는 법도 배우게 했다. 다행히 예설이는 생리식염수도 탄툼도 삼키지 않고 잘 뱉어냈다.

딸아이는 매일 스테로이드 약을 먹어서 감정 기복이 심했는데 기분이 시시때때로 변했다. 딸아이는 병원 생활에 스트레스가 많았다. 결국 입원 중에 자다가 발톱 하나를 뽑았다. 발톱이 사라졌는데 예설이는 울지도 않아 내 마음이 더 아팠다. 발톱 감염 예방을 위해 딸은 항생제를 5일간 먹었다. 나의 온 신경은 예설이에게 가 있었다. 하루아침에 감염 증상으로 소아집중치료실 가는 모습을 직접 봤기 때문에 혹시 감염될까 봐 무서웠다. 나는 하루에 세 번씩 예설이의 발을 철저하게 씻겼다. 매일 아침이면 일회용 살균 소독제 포비돈스틱 스왑 세 개를 간호사 선생님께 받았다. 집에서 챙겨 온 개별 포장된 멸균 면봉으로 에스로반 연고를 발라주었다.

일주일 뒤에 예설이는 병원에서 발톱 하나를 더 뽑았다. 항암 치료를 시작한 지 29일째였다. 아침에 간호사실에서 예설이 몸무게 확인하고 화장실에 들러서 세수시키고 발을 씻기려는데 새끼발톱 하나가 보이지 않았다.

"양예설, 어떡해."

나는 화장실에서 계속 울었다. 딸과 한참을 부둥켜안고 울고 나서 눈물을 닦고 나왔다. 나는 마음을 다시 굳게 먹었다. 예설이 발을 완전히 건조한 후에 간호사실에서 포비돈스틱스왑을 받아 와서 소독했다. 때마침 현준이 피부 상처 치료하러 오신 간호사 선생님께 예설이가 발톱 뽑은 사실을 말했더니 천연제품인 '파르나겔'과 고가이지만 상처에 좋은 '운디드 드레싱'도 함께 권해 주셨다. 가격을 따질 상황이 아니었다. 하루에 세 번 딸의 발톱을 소독하고, 아침에는 에스로반, 점심에는 운디드 드레싱, 저녁에는 파르나겔 순으로 매일 발톱 상처를 치료했다.

두 번의 발톱 사건을 겪으면서 예방 차원에서 뽀로로 밴드를 딸아이의 모든 손가락과 발가락에 붙였다. 하지만 항암치료로 피부가 약해진 예설이는 손톱, 발톱 주변이 붉어지기 시작했다. 나는 예설이에게 붙인 모든 밴드를 제거했다. 양말과 장갑으로 대체해 봤지만 예설이가 휙 던지면 그뿐이었다. 지퍼가 있는 장갑도 사 보고, 여러 가지 장갑에 도전해 봤지만 모두 실패했다. 무균실에 다녀온 범준이 엄마가 무균실에서 쓰는 실리콘 테이프를 써 보라고 권해 주었다. 실리콘 테이프는 잘 벗겨졌지만, 손톱, 발톱 주변에 상처는 생기지 않았다. 당분간 실리콘 테이프를 예설이 손가락과 발가락에 발라 주었다. 예설이가 실리콘 테이프를 떼면 또 붙여 주었다.

딸의 적혈구 수치가 낮으면 빨간 피 수혈을 해야 했다. 항암 치료를 시작하고 몇 달 후부터 빨간 피 수혈할 때 예설이 몸에 두드러기 증상이 나타나서 항히스타민제를 먼저 투여하고 수혈했다. 구토를 대비해서 구토 바가지는 늘 예설이 곁에 두었다.

예설이가 MTX 항암 치료 한 날은 기름기 많은 곰국 대신 미역국을 먹였다. 관해 유도가 끝이 나고 공고 치료가 시작되자 예설이 간 수치가 올랐다. 예설이는 물을 거의 먹지 않았는데 퇴원하고 집에 와서는 마시는 물의 양도 서서히 늘렸다.

딸아이는 빈크리스틴 항암 치료를 할 때마다 유독 눈 처짐

이 심했다. 생각해 보니 매번 부작용이 찾아올 때마다 나는 예설이가 반드시 이겨 낼 것이라고 믿고 있었다. 예설이가 태어나고 산후조리 할 때 나는 『소크라테스만 철학입니까』 책을 집필했는데 책 서문에는 그 당시 내가 외웠던 자기암시가 적혀 있었다. 갑자기 그 문장이 떠올랐다.

"거대한 행운이 양예설을 덮친다. 거대한 행운이 계속해서 쉬지 않고 양예설을 덮친다."

이 주문을 내뱉고 나면 거대한 에너지가 감도는 느낌이 들었다. 백혈병 집중 치료 기간에 가장 중요한 것은 보호자의 마음가짐과 태도였다. 이제까지 살면서 책에서든 어디서든 내가 배우고 익혔던 것을 병원에서 딸 간병하며 실천했다는 것을 깨달았다. 내 방식대로 하루를 만들어 가고 있었다.

"육아도 장비발"이라는 말처럼 백혈병 치료에도 기본적인 장비가 필요하다. 예설이는 어려서 전용 변기통도 샀다. 좌욕기는 필수품이다. 구토 바가지는 침대 곁에 두면 유용했다. 일회용 수저, 포크는 외출할 때 필요했다. 먼지 날리지 않는 핸드타월 휴지가 좋았다. 소독 티슈와 손 소독제는 항상 챙겼다. 딸아이가 병원에 있을 때는 일회용 종이컵에 물을 부어서 먹고 유지 치료부터는 생수병에 입을 대고 먹었다. 병원에 입원할 때 전기냄비는 꼭 챙겨야 했다. 고기를 구워 주거나 스파게티 해 줄 때, 브로콜리와 방울토마토 데칠 때 꼭 필요했다. 어린이용, 어른용 위생 장갑도 필요했다. 예설이는 과자 먹을 때도 위생 장갑을 꼭 사용했다. 예설이의 오리 꽥꽥 변기통을 뒤처리할 때 TPE 크린 비닐장갑을 꼈다. 병원에서는 철저하게 위생을 지켰다. 예설이 변기통도 잘 씻어서 건조한 후에 소독 티슈로 닦고 청결에 신경 썼다. 병실의 가운데 자리 침대에서 생활하게 될 때 서랍장 외에는 짐을 둘 곳이 없었다. 서랍장 안 공간을 효율적으로 사용하기 위해서 플라스틱으로 된 직사각형 정리 통 두 개를 구매했다. 사물함 안에 넣어서 수납 칸으로 사용하면 딱 맞았다.

집중 치료 기간에는 치료한 내용을 노트에 철저하게 기록했다. 예설이 케어, 백혈병 치료 종결, 오늘의 치료, 외부와의 소통, 이렇게 네 개의 영역에서 생각하고 기록했다. 종이에 끄적이면 다음 생각으로 이어졌다. '우리 집에서 양산부산대학교병원까지 가는 제일 빠른 길 익히기'처럼 생각나는 것이 있으면 적었다. 예설이가 낮잠 잘 때나 잠시 틈이 나면 휴대전화 내비게이션으로 길을 검색했다. 나는 종이 위에서 해야 할 일을 찾고, 그것을 실천하기를 반복했다.

5

일상으로 돌아가는 첫 번째 연습

유지 치료 시작하기 전에 나는 딸과 함께 이틀 휴가를 내고 83병동에 입원했다. 입원 첫날 예설이는 케모포트를 연결하지 않고 엑스레이 촬영만 했다. 1박 2일 병원에 있는 동안 신환자, 백혈병 첫 진단 받은 아이가 병원에 들어왔다. 이제 막 자녀가 소아암 진단받고 병원에 오신 어머님께서는 어떻게 보호자들이 병실에서 웃으면서 이야기할 수 있게 되었는지 궁금해하셨다. 지금 웃고 있는 보호자들도 처음 입원했을 때는 모두 다 힘겨운 시간을 보냈다. 하지만 병원 생활을 할수록 소아암 가족들이 하루를 버티는 힘은 눈물이 아니라 웃음이라는 것을 보호자들은 알고 있었다. 병원 생활을 처음 시작하게 된 보호자도 시간이 지나면 곧 알게 되지 않을까.

입원 둘째 날, 딸은 케모포트를 연결했다. 이어서 케모포트 시술한 목 주변에 혈액이 뭉친 것은 없는지 확인하기 위해 목 초음파 검사를 해야 했다. 나는 예설이의 손을 잡고 링거대를 끌면서 병원 지하 1층으로 향했다. 딸아이는 의젓하게 침대에 누워서 기다렸다. 초음파를 마치고 나는 딸과 함께 걸어서 병실로 돌아왔다.

얼마 후 예설이는 83병동 주사실로 들어갔다. 인턴 선생님은 예설이에게 진정제를 투여했고 골수 검사, 척수강내항암이 이어졌다. 나는 주사실 앞에서 두 손 모아 딸아이가 나올 때까지 기다렸다. 드디어 주사실 문이 열렸다. 예설이는 침대에 엎드려 누워 있었다. 엎드려 1시간, 바로 누워서 5시간, 예설이는 총 6시간을 버텨야 했다. 아이는 힘겹게 그 시간을 버텼다. 저녁이 되어서야 딸은 퇴원할 수 있었다. 병동 친구들과 이모들, 간호사 선생님, 의사 선생님께 인사하고 딸아이와 함께 나는 집으로 돌아왔다.

2023년 4월 말이었다. 외래 진료를 보고 나는 딸과 함께 병원 지하 주차장으로 걸어가고 있었다. 그때 “예설이 어머니."라며 누군가가 나를 불렀다. 처음 뵙는 분이었다. 인스타그램에서 예설이 치료 일기를 보셨다며 어머니께서 먼저 인사해 주셨다. 딸의 피검사 수치가 회복되지 않아 항암 치료 못 하고 집으로 돌아가는 길이라고 말했더니 어머니는 예설이 수치가 갑자기 오를 것이니 괜찮을 거라며 나를 다독여 주셨다. 정말로 그 어머니의 말처럼 5월 4일 예설이 혈소판과 호중구 수치가 갑자기 올랐다. 얼마나 고마웠는지 모른다.

2023년 5월부터 시작된 딸의 유지 치료는 한 달 중에 5일만 먹는 약(덱사메타손)도 있었고, 매일 공복을 유지하고 먹어야 하는 약(6MP)도 있었다. 목요일에만 먹는 약(MTX), 주말에만 복용하는 약(셉트린정)도 있었다. 집에서 먹는 항암 약은 보호자가 약 시간을 잘 챙겨야 했다. 병원 외래 주사실에서 한 달에 한 번 주사 항암(빈크리스틴)을 했고, 3개월마다 척수 항암을 해야 했다. 예설이는 2주마다 피검사를 하고, 외래에서 교수님과 진료를 보고, 먹는 항암 약을 처방받았다. 한 달에 두 번, 병원 가는 횟수가 예전보다 줄었다.

집에서 보호자가 챙겨야 하는 항암 약이 많아져서 나는 약 달력을 만들었다. 딸아이의 유지 치료 초기에 피검사 수치가 낮았던 적이 있었다. 임 교수님은 예설이가 공복 유지하고 먹는 항암 약(6MP)을 이틀에 한 번 복용토록 변경했다. 격일로 공복 약을 먹다 보니 달력에 기록해 두지 않으면 공복 약 먹는 요일이 헷갈렸다. 나는 나의 기억력을 믿지 않기로 했다. 달이 바뀌면 약 달력에 예설이가 먹어야 할 항암 약을 시간대별, 요일별로 꼼꼼하게 기록했다. 약 달력을 프린트해서 잘 보이는 부엌문에 붙여 두었다.

예설이 항암 약 챙기는 일은 나의 일과 중에 가장 중요한 일이었다. 나무 거치대를 마련하여 당일 먹을 항암 약은 전날 미리 꺼내 두었다. 항암 약마다 휴대전화 알람도 맞춰 두었다. 주말 약은 아침 8시, 저녁 8시 알람이 울렸고, 목요일 항암 약은 저녁 9시에, 공복에 먹는 항암 약은 저녁 10시 알람이 울렸다.

병원에서 입원 치료받을 때는 딸아이가 먹는 모든 약은 가루약으로 먹였다. 하지만 약봉지에 묻는 가루가 생각보다 많았다. 요즘은 가루약 대신 알약으로 받아서 약통에 물을 넣어 흔들어 녹여서 먹이고 있다. 주말 약 빼고는 모든 약이 잘 녹았다. 약통에 알약을 넣고 물에 흔들고 나서 뚜껑을 열면 몇 방울이 약통 밖으로 흘러나오는 약통도 있었다. 항암 약이기 때문에 빠짐없이 다 먹이고 싶어 여러 가지 약통을 써 봤다. 시행착오 끝에 마음에 드는 약통을 찾았다. '말랑말랑한 PE 짧은 뚜껑' 약통이 흔들고 나서도 약통 밖으로 물이 흘러나오지 않았다. 딸아이가 알약을 삼킬 수 있었으면 좋겠지만 지금까지 찾은 최선의 약 먹이는 방법이었다.

딸은 말할 때마다 "는"이라는 말을 붙여서 말했다. 예설이는 한국백혈병소아암재단 부산지사에 방문해서 언어 검사를 했다. 검사 결과 딸의 표현력은 좋으나 이해력이 낮은 편이라고 하셨다. 재단에서는 딸아이가 언어 치료 받기를 권하셨다. 예설이는 집에서 가까운 한국백혈병소아암협회 부산지회에서 일주일에 한 번 금요일마다 언어 치료 선생님과 만났다. 병원이 아닌 곳에서 시간을 보낼 수 있는 것만으로도 예설이는 행복해했다.

집에서 보내는 시간이 많아지면서 가족들과 함께할 수 있는 놀이를 찾고, 시도했다. 자녀 둘을 홈스쿨링으로 교육시킨 진정혜 작가님의 『엄마표 홈스쿨링: 미술 활동』 책에서 팁을 한 가지 얻었다. 집에서는 그림 그리기를 하고, 미술관에 가서 작품을 감상하는 일을 아이와 함께해 보라는 조언이었다. 예설이는 미술관에서 본 작품을 자기만의 느낌으로 스케치북에 다시 그리기를 좋아했다. 다 그린 후에는 가족들과 작품에 관해 이야기 나눴다. 어린이집으로 돌아갈 때까지 딸아이가 가족들과 신나게 보낼 수 있도록 엄마, 아빠는 노력 중이다.

6

83병동에서의 일상

83병동은 항암 치료하는 아이들이 생활하는 곳이다. 83병동에 들어가기 위해서는 코로나19 검사를 해야만 했다. 3층에 있는 보안요원에게 83병동에서 받은 입원 문자를 보여 주면 8층으로 올라갈 수 있었다. 8층에 도착하면 83병동 출입문이 닫혀 있었다. 호출을 누르면 보호자 확인 후에 안에서 문을 열어 주셨다. 그 이후 83병동을 출입할 때는 응급실 접수대에서 보호자에게 준 바코드가 달린 팔찌를 사용했다.

걷지 않으려는 딸아이가 걱정되었다. 나는 예설이가 대소변을 보고 나면 일부러 조금이라도 서 있게 했다. 운동 대신 선택한 방법이었다. 엄마의 노력에도 불구하고 딸은 한 달 동안 걷지 않으면서 다리 근육이 점점 약해져 갔다. 더 심각해지기 전에 교수님께 말씀드렸다. 재활 치료 선생님이 직접 예설이 병실로 오셔서 다리 힘을 기를 수 있는 몇 가지 운동을 가르쳐 주셨다. 무릎을 세워서 다리를 모았다가 벌리는 운동을 시키셨다. 그다음에는 다리를 쭉 편 상태에서 발 전체를 몸쪽으로 당기고 풀어 주는 동작을 딸이 혼자서 할 수 있도록 카운팅 해 주셨다. 이 동작이 잘되면 다리를 공중으로 들었다 하는 운동으로 해 보라고 하셨다. 다리 근육이 점점 쇠퇴하면서 변기통에 앉았다가 일어날 때도 딸아이는 힘들어했다. 예설이가 다리 운동 하기 싫어해도 나는 조금씩 재활 운동을 시켰다.

83병동에는 여섯 개의 병실이 있다. 항암 치료하는 아이들은 대부분 머리카락이 없다. 나이도 다르고 사는 지역도 다르다. 모든 가족은 자녀가 암을 완전히 없애고 평범했던 일상으로 돌아가는 것을 원한다. 예설이는 움직이지도 않고 말도 하지 않았는데 입원 한 달이 다 되어 갈 때쯤 다섯 살 예나가 입원하면서 말을 하기 시작했다. 예설이는 병원 구석구석을 휠체어를 타고 예나와 함께 다녔다. 한 침대에서 장난감을 가지고 같이 놀다가 예나가 피곤하다며 누워서 잠을 자면 예나가 일어날 때까지 예설이는 혼자서 장난감을 가지고 놀면서 기다려 주었다. 병원에서 그 누구에게도 마음을 열지 않았던 딸아이는 예나와는 이야기를 했다. 예설이보다 4개월 먼저 항암 치료를 시작해서인지 예나와 예나 엄마의 여유 있는 모습이 나는 보기 좋았다. 아직 병원 생활이 익숙하지 않았던 딸아이와 나에게 예나 가족은 희망이었다.

예설이는 관해 유도 항암 치료에 성공하고 한 달 만에 병원에서 퇴원했다. 하지만 딸은 집에서 지낸 지 하루 만에 열이 났다. 이틀 뒤 예설이는 다시 병원 소아 응급실을 방문했다. 응급실 복도에서 대기 중이었는데 저녁을 먹지 못해 배가 고팠다. 예나 엄마는 우리가 병원에 와 있는 걸 알고는 응급실까지 찾아와서 떡볶이와 샌드위치를 주고 가셨다. 예설이는 복도에서 떡볶이를 먹고 있었는데 응급실 안에서 케모포트 연결해 주실 선생님이 오셨다고 들어오라고 했다. 결국 딸아이는 떡볶이도 몇 개 먹지 못하고 케모포트에 바늘을 연결했다. 그 이후로 딸의 기분이 좋지 않아 남은 떡볶이는 먹지 않았다. 예나 엄마처럼 83병동에서 만난 아이들과 보호자들은 또 하나의 가족이 되어 가고 있었다.

딸아이는 2022년 추석과 크리스마스를 병원에서 보냈다. 추석은 엄마인 나와 함께 보냈고, 크리스마스는 아빠와 보냈다. 예설이는 병원 생활에 점점 적응해 가고 있었다. 추석 당일은 83병동에 남아 있는 환자가 그리 많지 않았다. 조용한 병동에서 민준이 할머니가 육전과 새우전을 주셨다. 현준이 이모가 직접 만들어 오신 호박죽과 튀김도 맛있게 먹었다. 크리스마스 날 남편은 예설이에게 추억을 만들어 주기 위해 벽 장식용 크리스마스트리를 직접 만들었다. 딸은 크리스마스트리 앞에서 사진도 찍고 놀았다.

2023년 어린이날 병원 외래 진료가 있는 날이었다. 예설이는 노란색 인형을 선물 받고, '로리'라고 이름을 지어 주었다. 로리는 딸아이의 애착 인형이 되었다. 어린이날 진료를 마치고 집에 돌아오니 장난감 기차가 와 있었다. 예설이가 다 나아서 멋진 의사 선생님이 되어 아픈 아이들을 치료해 주었으면 좋겠다는 편지와 함께 키다리 아저씨가 보내 주신 선물이었다. 병원 생활을 하면서 명절이나 크리스마스가 되면 외롭다는 생각이 들었는데 한국백혈병어린이재단과 한국백혈병소아암협회 그리고 병원과 연계된 익명의 분들께서 예설이에게 선물을 보내 주셨다. 외로움이 감사한 마음으로 가득 채워졌다.

나는 소아 혈액종양과를 떠올리면 아직 눈물부터 난다. 예설이의 유지 치료가 시작되었을 때 환우 가족들에게 축하 인사를 받았다. 나는 집중 치료 기간 예설이가 했던 항암 치료들이 떠올랐다. 예설이의 유지 치료가 시작되면서 83병동보다는 외래 주사실에서 치료하는 날이 많아졌다. 83병동의 소식은 점점 우리 가족과 멀어졌다. 딸아이와 함께 치료했던 가족들과는 자주 연락하고 지내는데, 어느 날 범준이 엄마가 나에게 이렇게 말했다.

"예설이 엄마, 시간이 지날수록 83병동은 너의 기억 속에서 잊혀야 해."

"이곳은 잊고, 예설이랑 지금을 살아."

83병동은 예설이의 담당 교수님, 전공의 선생님, 인턴 선생님, 무균실 간호사 선생님, 8층 간호사 선생님, 병실 청소해 주시는 이모님, 상처 전담 간호사 선생님, 식사를 챙겨 주셨던 이모님이 계셨다. 외래 진료실, 외래 주사실, 응급실에도 의사 선생님과 간호사 선생님이 계셨다. 나의 기억 속에는 그분들을 향한 그리움과 감사함으로 가득 채워졌다. 범준이 엄마의 말처럼 83병동의 기억은 점점 잊혀 가겠지만 그곳에서 품은 마음만은 항상 내 가슴속에 남아 있을 것이다.

7

내가 만든 소아암 간병 원칙

예설이의 간병 원칙들이 하나씩 생기기 시작했다. 유지 치료를 시작한 딸아이에게 집중 치료 시기처럼 음식을 철저하게 데워 먹였다. 과일도 껍질을 벗겨서 20초 이상 전자레인지에 돌려서 먹였다. 딸아이에게는 과자를 먹을 때도 맨손이 아닌 일회용 비닐장갑을 끼고 먹게 했다. 장난감 놀이 후에는 화장실에서 손을 꼭 씻게 했다. 예설이 엄마, 아빠는 음식 조리 전에 프라이팬과 냄비를 열탕한 후에 조리했다. 집에서는 안방 화장실을 예설이 혼자서 사용하게 했다. 집 화장실 청소는 매일 했다. 집안 내 환기는 하루 한두 번 꼭 했다. 방문마다 손잡이 소독은 소독 티슈로 하다가 귀찮으면 소독 스프레이로 대체했다. 빨래도 예설이와 예빈이를 분리해서 했다. 예설이가 음식을 먹으면 양치 후에 멸균 생리식염수로 가글시켰다. 자기 전에는 치실을 꼭 해 주었다. 병원 생활 중에 익힌 행동이 몸에 배서 이제는 시키지 않아도 예설이는 잘 했다. 엄마 아빠도 몸부터 움직였다.

치료 시기마다 찾아오는 부작용이 달랐다. 예설이는 관해 유도 기간에는 척수 항암을 하고 나면 구토했다. 구토하고 나면 구토 바가지를 잘 씻어서 소독했다. 장염이 찾아왔을 때는 손 씻기를 철저하게 했다. 사용한 변기통도 뜨거운 물로 세척하고, 닦아서 말린 후에 소독했다. 구토를 자주 할 때는 늘 구토 바가지와 비닐봉지를 잘 때도 곁에 두었다. 입안에 구내염이 시작되면 탄툼으로 가글시켰고, 뮤테라실과 파르나겔 제품을 입안에 번갈아 사용했다. 소변량이 줄면 수액량을 늘려 주셨는데 예설이는 여전히 물을 많이 먹지 않았다. 골수 검사하고 나면 골수 검사한 부위에 3일간 소독해 주고 밴드를 교체해 주어야 했는데 간호사 선생님이 까먹을 때도 있었다. 나는 날짜를 기록해 두고 소독을 빼먹지 않았다.

한번은 집에서 딸아이가 열이 났다. 예설이는 병원 소아응급실에 방문 후에 83병원에 입원했다. 항생제 치료를 했다. 딸아이는 적혈구 수치가 낮아 수혈도 했다. 열이 날 때는 수혈은 잠시 중단하고 열이 내리면 이어서 수혈을 마쳤다. 외래 진료에 갈 때면 임 교수님은 예설이가 열이 37.5도 이상 나면 바로 입원 준비해서 응급실로 와야 한다는 말을 항상 하셨다. 겨울에는 감기에 걸려 감기약을 거의 한 달 동안 복용하기도 했다. 감기 증상이 있고 피검사 수치가 낮을 때는 구내염과 중이염 같은 증상도 있었다. 열이 동반될 때는 무조건 응급실에 가야만 했다.

MTX 항암을 하면 예설이는 장이 예민해졌다. 곰국과 같은 기름진 것을 먹으면 설사를 했다. 미역국을 주니 괜찮았다. 그래서 나는 예설이가 MTX 치료할 때는 무조건 미역국 한 솥을 끓여 두었다. 예설이에게 이틀 정도 미역국으로 먹인 후에 다른 국으로 바꿔 주었다. 변비 예방을 위해 데친 브로콜리와 토마토를 자주 먹였다. 요리할 때는 일회용 케첩과 일회용 엑스트라 버진 올리브 오일을 사용했다.

첫 치료는 늘 척수 항암이었다. 예설이가 남편과 함께 입원했을 때였는데 첫날부터 구토가 너무 심했다. 스테로이드 약을 먹고 자야 하는데 약을 먹자마자 바로 토해서 스테로이드 약을 다시 먹여야 했다. 새벽 2시가 되어서야 속이 진정된 딸은 항구토제를 맞고 잠이 들었다.

새해 첫날 시작된 구토와 열은 노로바이러스 씨디피실 때문이었다. 예설이는 수치 주사를 맞았다. 피검사 호중구 정상 수치가 1.20~9.09인데 0.18까지 떨어졌다. 이어서 A형 독감까지 진단받았다. 딸은 입원해서 타미플루를 주사로 맞았다. 딸은 적혈구, 혈소판 수치도 낮아서 수혈해야 했다. 예전에 수혈하기 전에 예설이 몸 곳곳에서 붉은 반점이 올라온 적이 있어 수혈하기 전에 항히스타민제를 맞고 수혈했다.

처음 입원했을 때 예설이 몸무게가 14.88kg이었는데 항암 치료를 시작하면서 12.76kg까지 내려간 적도 있었다. 외래 치료할 때 몸무게는 15kg을 유지했다. 항암 치료가 지속될수록 몸무게 변화와 치료 스케줄에 따라 항암 용량을 늘려 갔다.

나는 삼각형을 자주 그렸다. 왼쪽 꼭짓점은 예설이의 소아 백혈병 집중 치료, 오른쪽 꼭짓점은 유지 치료라고 적었다.

맨 위 중간 꼭짓점은 평범한 일상이라고 기록했다. 딸아이는 평범한 일상으로 돌아가기 위해 현재 힘든 과정을 거치는 중이라고 생각했다. 예설이의 소아 백혈병을 치료하면서 힘든 시간을 보낼 때 의지할 사람이 단 한 사람만 있어도 이겨 낼 수 있다는 것을 깨달았다. 예설이 곁에는 가족들과 지인들이 매 순간 함께해 주고 있었다. 83병동에서 함께 생활했던 보호자들은 우리 가족이 예설이의 간병 원칙을 만들 수 있도록 도와주었다. 내가 그린 삼각형의 꼭짓점들을 새기면서 오늘 하루에 집중했다. 우리 가족이 만들어 가는 새로운 삶의 방식을 지켜 나가면 딸아이가 평범했던 일상으로 반드시 돌아갈 것이라고 믿었다.

8

소아암 보호자들과 따뜻한 동행

83병동은 침대마다 바퀴가 달린 접이식 장바구니 쇼핑카트가 있었다. 카트 위에는 전기냄비가 놓여 있었고 냄비의 전기선은 카트 손잡이에 매달려 있었다. 장시간 병원에 입원하면서 카트와 전기냄비는 필수품이라는 것을 알게 되었다. 접이식 쇼핑카트는 무거운 물건이나 식판을 옮길 때 사용했다. 예설이가 병원 밥을 잘 먹지 않아 탕비실에서 고기를 구워 오거나 다른 간단한 음식을 조리할 때 쇼핑카트를 활용했다. 병원 생활이 서툴렀지만, 다인실에서 함께 생활하는 보호자의 도움을 많이 받았다. 나는 저녁 8시가 되어야 한 끼를 온전히 먹을 수 있었다. 병원 밥을 먹고 있으면 같은 방 보호자들은 집에서 가져온 김치나 다른 반찬을 내게 나눠 주었다. 늦은 저녁 시간 일과를 마치고 다른 보호자들과 각자 쇼핑카트에 앉아서 잠시 이야기 나누는 시간이 나에게는 가장 여유 있는 시간이었다.

경찰 동료 중에 아들이 서울성모병원에서 백혈병 치료 중인 분이 계셨다. 선배님은 몸에 미역국이 좋으니 예설이에게 자주 끓여 주라고 하셨다. 그리고 언제든지 궁금한 게 있으면 전화해도 된다고 하셨다. 나에게 큰 힘이 되었다.

딸아이의 관해 유도 치료에 성공하고 퇴원을 앞두고 있을 때였다. 나는 짐을 줄이기 위해 남편이 방문할 때마다 필요 없는 짐을 전달했다. 병원에 가져온 여행 가방 안에도 짐을 정리했다. 다인실에서 함께 생활했던 보호자들은 나에게 미리 짐을 싸지 말라고 했지만 나는 집에 가고 싶은 마음에 짐 정리를 마쳤다. 그러다 생각지도 못한 일이 일어났다. 퇴원을 앞두고 예설이가 발톱을 또 하나 뽑았다. 항생제를 다시 복용해야 했다. 감염도 조심해야 하니 나는 딸아이의 퇴원이 늦어질 거라고 생각했다. 나는 곧 있을 퇴원에 대한 마음도 비웠다. 그런데 현 교수님이 회진 오셔서 항생제는 먹는 약으로 처방해 주시면서 예설이는 퇴원해도 된다고 하셨다. 그

날 이후로 병원에 입원하게 되면 교수님이 퇴원 이야기를 먼저 하시기 전에 나는 절대 먼저 짐을 정리하지 않았다. 집에 가고 싶은 조급한 마음을 내려놓았다.

병원 외래 진료가 있는 날은 소아암 치료 중인 아이들과 엄마들을 만나는 날이다. 예설이는 주로 아빠와 함께 외래 진료에 가서 내가 딸과 같이 병원에 가는 날은 사무실에 연차를 낸 날이었다. 오랜만에 만난 엄마들은 나를 반갑게 맞이해 주었다. 진료 대기하면서 엄마들과 커피를 마시면서 수다를 이어갔다. 항암 치료 후에 아이들 컨디션은 어땠는지, 치료 과정은 잘 진행되고 있는지 아이들의 안부를 물었다. 아이들은 엄마들이 이야기할 때 같이 놀았다. 아이들끼리 이야기도 하고 게임도 했다. 다인실에서 같은 방을 썼던 현준이 엄마는 걱정이 많았다. 현준이의 피부 괴사는 다행히 점점 좋아지고 있었는데 손목 통증은 아직 치료받고 있었다. 열이 나서 입원한 민준이 소식도 들었다. 83병동 소식은 엄마들 사이에서 끊이질 않는 연결 고리였다.

소아암 치료 중인 네 가족이 다 같이 만나서 신나게 뛰어

놀 때 엄마들의 수다는 무궁무진해졌다. 치료 이야기에서 유치원 생활, 가족들과 가 볼 만한 곳, 첫째 학교 이야기까지 끝이 없다. 예설이 언니 예빈이는 예나 집에 놀러 갔을 때 예나 오빠 찬유에게 보드게임 루미큐브를 배웠다. 찬유 덕분에 예빈이는 집에서 엄마 아빠랑 보드게임 하는 취미도 생겼다. 소아암 환우 가족들과 함께 자주 시간을 보내면서 환우 엄마들과 수다는 오늘을 살아가는 힘을 내게 해 주었다. 미리 걱정하기보다 궁금한 게 있으면 서로 묻고 답을 찾았다.

예설이와 함께 항암 치료를 했던 대부분의 환우들은 치료 시기 1년 전후에 유지 치료를 시작했다. 범준이는 아직 집중 치료가 남아서 83병동에 입원 중이었다. 입원 치료의 시작인 척수 항암을 하면서 산소포화도가 떨어졌다. 범준이는 콧줄을 하게 되면서 1인실로 옮겼다. 입원 전에 걸렸던 아데노 바이러스의 영향이었는지 범준이에게 폐렴이 왔다. 범준이는 수치 회복이 더뎠다. 범준이 엄마는 인내했다. 예설이가 3주 넘게 혈액 수치가 오르지 않았던 적이 있었는데 범준이 엄마의 속이 타들어 가는 마음을 나는 그때 처음 알았다. 범준이와 함께 병원 1인실에서 두 번째 추석을 보내고 있던 범준이 엄마에게 카톡이 왔다. 이런 글이 담긴 사진이었다.

"길을 걷듯이 모든 것은 지나간다. 시간의 언덕을 넘어 지금, 이 시련도 그 길처럼 지나가기를."

범준이 엄마의 카톡 프로필에는 이렇게 적혀 있었다.

"기어서라도 가자! 끝을 향해……!"

예설이의 백혈병 집중 치료 시기에는 예설이가 가장 힘든 시간을 겪고 있다고 생각했다. 하지만 딸아이의 유지 치료를 시작하면서 예설이 주변에서 치료 중인 환우 가족들이 눈에 들어오기 시작했다. 딸이 병원에 가는 시간이 줄어들면서 보호자의 자유 시간도 늘어났다. 나는 주기적으로 환우 엄마들과 통화하면서 백혈병에 대해 좀 더 넓은 시야를 가질 수 있게 되었다. 예설이보다 더 힘든 치료를 하면서도 아이들과 보호자들은 견뎌 내고 있었다. 이처럼 환우 보호자들과의 수다는 소아 백혈병과 우리 가족의 삶을 연결해 주는 통로처럼 느껴졌다. 미처 깨닫지 못한 것들을 알아 가게 해 주는 시간

같았다.

예설이 유지 치료에 먹어야 하는 항암 약이 많아지면서 보호자의 책임이 커졌다. 보호자가 시간을 잘 맞춰서 먹여야 했다. 나는 유지 치료 중인 예나, 건형이, 현준이, 로건이 엄마와 통화했다. 엄마들의 조언을 참고해서 예설이만의 약 시간표를 만들었다. 나의 가장 큰 고민은 병원에 다녀온 그 주의 주말에 먹는 약이었다. 스테로이드 약 두 번, 주말 약 두 번, 공복 약 한 번. 이렇게 주말 하루에 먹어야 하는 약의 종류가 다섯 가지였다. 약 먹는 간격을 어떻게 두어야 할지가 고민되었다. 12시간 간격으로 먹는 주말 약은 아침 8시, 저녁 8시로 설정했다. 스테로이드 약은 식후 10분 뒤에 먹였다. 주말 저녁은 오후 6시에 예설이 저녁밥을 일찍 먹였다. 그래야 스테로이드 약을 7시쯤 먹고, 8시에 주말 약 먹고, 공복 2시간 유지하고 공복 약을 먹일 수 있었다. 엄마들과의 수다는 혼자서 내리기 어려운 결정이 생겼을 때 항상 도움이 되었다.

3장

보이지 않아도 희망은 있다

1

잊을 수 없는 코드 블루

코드 블루 방송이 나오면 심폐소생술이 필요한 환자를 살리기 위해서 의사와 간호사 선생님은 응급 환자에게 신속하게 달려갔다. 나는 코드 블루 방송을 83병동에서 자주 들었다. 입원 첫 한 달 동안 예설이는 현준이와 같은 병실에서 치료를 했다. 내가 탕비실이나 편의점에 갈 때 매번 현준이 엄마에게 예설이를 부탁했다. 저녁 시간 땀이 많이 나서 잠시 씻을 때도 어김없이 현준이 엄마는 예설이를 봐주었다. 한 달이 지난 후에 현준이가 먼저 퇴원했고 예설이도 관해 유도 항암 치료에 성공해 발톱 항생제를 받아서 퇴원했다.

예설이는 83병동에서 다시 현준이를 만났다. 딸은 1번 방에서 생활했고, 현준이는 4번 방에 있었다. 현준이와 예설이

둘 다 시타라빈 항암 치료를 받을 때였다. 딸아이는 매번 점심 식사 후에 항암 치료를 시작해서 아침은 잘 먹었지만, 점심부터 속이 불편해서 잘 먹지 못했다. 다행히 저녁이 되면 예설이 입맛이 다시 돌아왔다. 딸은 곰국과 방울토마토와 브로콜리를 좋아해서 나는 탕비실을 오가면서 정해진 시간에 예설이 밥을 먹이기 위해서 바빴다.

저녁 9시가 되면 일과를 마무리하고 딸아이를 재웠다. 나는 예설이가 생활하는 침대에서 함께 잤다. 항암 치료 중인 딸을 지키는 것이 내가 할 일이었기에 불편함은 참을 수 있었다. 예설이를 재운 후에 나는 노트를 꺼내 오늘 있었던 일에 대해 기록했다. 나는 딸아이의 치료 일기를 썼고 백혈병과 관련해서 챙겨 온 책과 프린트물을 읽었다. 나는 새벽이 되기 전에 쓰러져 잠들었다.

현준이는 시타라빈 항암 치료를 마치고 다음 날 퇴원할 예정이었다. 나는 예설이와 함께 자고 있었다. 새벽 시간 잠결에 코드 블루 방송을 들었는데 나는 예설이가 잘 자고 있는지 확인하고 4번 방으로 뛰어갔다. 현준이 침대 주위에 전공의 선생님, 응급실 선생님, 간호사 선생님은 보였는데 교수님은 보이지 않았다. 현준이는 의식을 잃은 상태로 보였고 한쪽 발을 세웠다가 침대 바닥에 내려치는 행동을 계속했다. 현준이 엄마는 아들의 이름을 간절하게 불렀다. 갑자기 현준이 엄마와 내 눈이 마주쳤다.

“예설이 엄마, 현준이가 안 일어난다. 나 어떡해야 해?”

“언니야, 현준이 괜찮을 거야.”

나는 울면서 괜찮을 거라는 말만 반복해서 말했다. 분명히 어제 퇴원 잘하라고 현준이와 멀쩡하게 이야기했는데 이 상황이 믿기지 않았다. 나는 다른 방에서 뛰어나온 신비 엄마와 함께 4번 방 앞에 서서 지켜볼 뿐이었다.

현준이는 검사를 위해 다른 층으로 이동해야 했다. 곧이어 현준이는 침대에 누운 채로 83병동 4번 방에서 나와 내가 서 있던 곳을 지나 병실을 빠져나갔다. 현준이는 여전히 한쪽 발을 세웠다가 침대 바닥에 치는 동작을 계속했다. 현준이가

83병동 입구 출입문 앞에 섰을 때 현준이 엄마는 우리가 서 있는 곳 바닥에 털썩 주저앉았다. 나는 현준이 엄마의 손을 꼭 잡았다. 곧이어 저 복도 끝에서 목소리가 들렸다.

"현준이 어머님도 같이 가셔야 합니다. 어서 오세요."

아무런 힘없이 땅바닥에 주저앉아 있던 현준이 엄마는 재빨리 일어나더니 복도 끝을 향해 달리기 시작했다. 현준이 엄마가 현준이에게 도착하자 큰 출입문이 열렸다. 신비 엄마와 나는 복도 끝을, 한참을 쳐다보고 있었다. 현준이가 괜찮을 거라며 다독이며 각자의 병실로 돌아갔다. 나는 1번 방으로 돌아갔는데 잠이 오지 않았다. 2시간쯤 기다렸다가 현준이 엄마에게 카톡을 보냈는데 다행히 현준이는 검사하다가 스스로 깨어났다고 했다. 그 이후 현준이 엄마와 통화했는데 평소처럼 유쾌한 목소리가 들렸다.

"어~ 예설이 엄마!"

이 상황에서 어떻게 현준이 엄마는 평소처럼 유쾌한 목소리를 낼 수 있는지 신기할 따름이었다. 현준이는 아무런 뇌 부작용 없이 의식이 돌아왔다. 현준이의 예정된 퇴원은 취소되었지만 다시 일상적인 생활을 할 수 있다는 것은 가장 기쁜 소식이었다.

현준이의 코드 블루 상황을 겪은 이후 한국백혈병환우회에서 진행하는 온라인 독서 모임 〈쉼표〉에 참여했다. 두 권의 책이 아직도 내 가슴에 남는다. 『위로의 미술관』이라는 책은 예설이가 백혈병 집중 치료할 때 읽었던 책인데 딸아이가 잘 때 조금씩 읽어서 완독했다. 독서 모임에 참여하신 분들은 대부분 환우 본인이셨다. 모임은 한 달 동안 어떻게 보냈는지 서로 안부를 물으면서 이야기가 시작되었다. 한 분씩 병원 치료와 휴식 시간에 관해 이야기했다. 환우분들의 이야기를 모두 듣고 나서 들었던 생각은 딸아이가 힘겹게 치료하고 있는 지금, 이 순간이 우리 가족에게는 가장 소중한 시간이라는 거다. 독서 모임에 참여했던 환우분들 모두는 지금이 가장 소중한 시간이라는 것을 알고 있었다.

백혈병 환우회 독서 모임에서 이야기 나눴던 『슬픔을 공부하는 슬픔』 책에서 이런 문장이 생각났다.

"우리가 무엇을 갖고 있는지가 중요한 것은 욕망의 세계이고,
무엇을 갖고 있지 않은지가 중요한 것은 사랑의 세계다."

나는 한동안 이 문장을 곱씹었다. 내 마음속은 욕망의 세계에서 사랑의 세계로 넘어가고 있다는 생각이 들었다. 나는 두 권의 책을 읽은 후에 나만의 문장을 만들었다.

"내 마음속에는 집중하는 마음, 사랑하는 마음, 평온한 마음.
이 세 가지만 존재합니다."

내 마음을 어떻게 먹는지에 따라 나의 하루가 달라졌다. 내 표정도 태도도 변했다. 현준이의 코드 블루 상황을 겪고 나서 모든 것은 내 마음에서 출발한다는 사실을 깨달았다.

2

패혈증 진단을 받다

나는 83병동에서 6살 유나의 패혈증 응급 상황을 목격했다. 유나는 구토와 설사 증상으로 양산부산대학교병원 소아 응급실을 방문했다가 83병동에 입원했다. 저녁 늦은 시간 예설이 옆 침대로 유나가 들어왔다. 또래인 예설이와 유나는 같이 놀 틈도 없었다.

유나는 속이 불편했는지 배도 아프다고 하고 구토도 했다. 유나 엄마가 오물을 버리러 간 사이에 유나가 엄마를 애타게 찾았다. 엄마를 찾는 유나에게 나는 뭐든 도와줄 것이 있는지 살폈다. 창백한 얼굴의 유나는 힘겹게 버티고 있었다.

구토와 설사를 반복하던 얼마 후에 교수님이 오셔서 더 이상 시간을 지체할 수 없다고 하셨다. 패혈증이 급속히 진행되고 있어 아이를 엄마 곁에 두는 것은 지금 상황에서 아무런 도움이 되지 않는다고 단호하게 말했다. 얼마 뒤 유나 곁에 모니터가 들어오더니 링거대에 약도 추가되었다. 유나는 소아집중치료실로 옮겨졌다.

유나 엄마는 병실로 돌아와 짐을 가지고 돌아갔다. 나는 처음 봤던 유나가 계속 생각났다. 결국 같은 방 현준이 엄마에게 유나 엄마 전화번호를 받아서 용기 내 유나 엄마에게 전화를 걸었다. 유나가 있는 소아집중치료실은 면회가 제한되어 있어 유나 얼굴을 많이 못 봐서 힘들다고 했다. 유나가 가지고 있는 패드는 통화 기능이 있지만 유나가 패드로 전화 거는 방법을 몰랐다고 했다. 유나 엄마는 유나에게 전화를 걸고 받는 방법을 미리 가르쳐 주지 못한 것을 아쉬워했다. 나에게도 혹시 모르니 예설이가 스스로 전화를 걸고 받는 법을 꼭 가르쳐 주라며 당부했다. 유나의 상태가 궁금하면 소아집중치료실에 전화를 걸어 간호사 선생님께 물어봤지만 일하시는 간호사 선생님을 방해한다는 생각이 들어 자주 전화할 수도 없다며 속을 태웠다. 유나 엄마는 잘 먹지도 못했고, 잘 자지도 못한 채로 버티고 있었다. 나는 유나가 괜찮기를 바라며 온 마음으로 기도했다.

나는 유나가 소아집중치료실에 가기 전에 교수님이 보호자에게 했던 말이 생각났다.

“50 대 50. 유나는 버틸 수도 있고, 버티지 못할 수도 있습니다.”

유나는 소아집중치료실에서 일주일 넘게 지내다 다인실로 돌아왔다. 예전처럼 예설이 옆자리로 다시 왔다. 유나는 살이 빠져 보였지만 회복하고 있었다. 예설이와 유나는 2022년 추석을 다인실에서 함께 보냈다. 유나가 갑자기 스파게티가 먹고 싶다고 했다. 유나 아버님은 집주변 마트 여덟 군데를 다니며 산 로제 파스타를 병원에 가지고 오셨다. 입맛이 없던 유나도 아빠의 마음을 알았는지 스파게티를 잘 먹었다. 나는 삼겹살을 구워 같이 나눠 먹였다. 딸아이와 유나는 매 끼니 함께 요리해서 먹었다. 딸아이도 또래 언니가 와서 좋았는지 유나의 물음에 한 번씩 대답도 해 주었다.

2022년 9월 10일 토요일이었다. 슈퍼문이 떴다는 소식에 아이들을 재우고 잠시 유나 엄마와 함께 병원 1층으로 내려갔다. 구름에 가려서 슈퍼문이 잘 보이지 않았다. 조금만 더 기다렸다. 얼마 후 구름 사이로 슈퍼문이 뚫고 나왔다. 나와 유나 엄마는 밝은 달을 보며 함께 두 손 모아 아이들의 건강을 위해 기도했다. 아이들에게 찾아온 소아암과 합병증은 보호자가 막을 수 없는 일이다. 하지만 힘든 순간에도 보호자는 절망이 아닌 희망을 선택할 수 있다. 기도 덕분인지 유나는 회복이 빨랐다. 추석을 같이 보내고 유나는 퇴원했다.

2022년 12월의 마지막 날 예설이는 83병동에서 입원 중이었다. 딸아이와 과자 사러 가다가 편의점 앞에서 유나를 만났다. 패혈증을 잘 넘기고 유나는 서울에서 수술을 받았다. 수술 이후의 힘든 시간도 유나는 잘 버텼다. 유나를 알게 된 지 1년이 더 지났다. 유나는 유치원에 다니며 일상으로 돌아가는 중이다. 유나 곁에는 주방 놀이를 좋아하는 예설이와 자유분방한 예나, 세쌍둥이 귀염둥이 하율이가 함께 있다. 엄마들과 아이들은 자주 만나서 뛰어놀고, 소중한 추억을 만든다.

소아암 진단받은 아이들은 조금 다른 길을 걷고 있을 뿐이다. 평범하지 않은 일상에서 평범함을 찾아가는 날의 연속이다. 나는 늘 기도하는 마음을 갖는다. 소아암 치료하는 아이들을 보면서 배운 것이 있다. 아이들은 아프면 아프다고 표현했다. 아이들은 울고 싶으면 울었다. 아픈 시기가 지나가면 언제 그랬냐는 듯이 다시 웃었다. 보호자인 나는 부작용 하나하나에 초점을 맞추고 있었지만, 아이들은 치료 하나하나에 의미를 두지 않았다. 모든 것은 흘러간다는 말을 소아암 치료하는 아이들을 보면서 깨달았다. 모든 힘든 일은 언젠가는 지나간다. 소아암 아이들이 웃는 것처럼 나도 웃으며 지낼 수 있다고 믿는다.

3

죽음의 문턱 앞에서

예설이가 백혈병을 처음 진단받고 면담했을 때 나는 양 교수님이 한 말이 자꾸 생각났다. 급성림프모구백혈병 표준형은 생존율이 85%인데, 예후가 좋으면 생존율이 90%까지 올라간다고 한 뒤에 이어서 한 말이 현실이 될까 봐 무서웠다.

"재발 또는 폐렴과 같은 합병증이 와서 아이를 잃는 일이 생길 수 있습니다."

의사로서 당연히 해야 하는 말이었는데 그 말이 계속 생각났다.

양부대를 다녔던 수민이도 서울로 병원을 옮겼다. 수민이 엄마는 수민이의 모든 날을 기록으로 남겼다. 수민이 엄마는 슬프면 슬프다고 글로 적었다. 수민이가 소풍 가는 날도 동영상으로 남겨 수민이를 응원해 주신 모든 분께 수민이의 마지막 모습을 공개했다. 수민이가 떠난 이후에도 수민이 엄마는 SNS에 글을 쓰며 힘들게 버티는 일상을 그대로 알렸다. 나는 수민이네 소식을 읽으며 수민이의 가족을 응원했다.

예설이가 외래 진료 보러 가면 병원 앱을 통해 딸아이의 혈액검사 결과를 볼 수 있었다. 피검사 수치에 따라 항암 치료를 할지, 항암 약을 먹을지 교수님께서 결정하셨다. 마치 성적표를 확인하는 것처럼 나는 예설이의 피검사 수치를 과하게 신경 쓸 때가 많았다. 매번 너무 신경 쓰지 말자고 다짐하면서도 그게 잘 안되었다. 특히 항암 치료 후에 피검사 수치 회복이 되지 않아서 다음 항암 치료를 못 할 때는 더 예민했다. 딸아이도 항암 치료를 한 번 빼먹은 적이 있었는데 보호자인 내 책임인 것만 같았다. 나는 거의 한 달 동안 불편한 마음을 떨쳐 버릴 수가 없었다. 내가 할 수 있는 것이라고는 남편에게 하소연하거나 글쓰기로 속에 있는 불편한 감정을 털어 버리는 것뿐이었다.

우리 가족은 축적된 상실의 경험이 있다. 가장 최근에 우리 가족의 곁을 떠난 강아지 아롱이와 영국이는 남편이 어릴 때부터 함께 컸던 강아지였다. 예설이는 아롱이는 보지 못했지만, 영국이의 존재를 알고 있었다. 딸아이는 치료하면서도 영국이를 자주 찾았다. 영국이는 무지개다리를 건너서 이제 만나지 못한다고 예설이가 말했다. 그러면서 딸은 영국이처럼 무지개다리를 건너고 싶지 않다고 했다. 나도 모르게 그 말을 듣고는 울컥했다.

예설이와 같은 소아암을 앓았던 예설이 고모의 병명은 림프종이었다. 수술 후에 항암 치료를 받았고 치료 종결 후에 다시 찾은 병원에서 재발 판정을 받았다. 남편의 아버님은 오래전에 간경화증으로 돌아가셨다. 나의 친정엄마는 혈액암 말기였다. 남편과 나는 암으로 떠나보낸 가족들이 있었기에 예설이가 아픈 게 우리들의 책임이 아닐까 하는 죄책감이 있었다. 나는 씩씩하게 하루에 집중하며 착실히 살면서도 불쑥 걱정하는 불편한 마음과 죄책감이 올라왔다. 반복되는 부정적인 마음이 싫었다.

부정적인 마음이 올라올 때마다 내가 원하는 모습을 머릿속으로 그리고 상상했다. 그 모습이 현실이 된 것처럼 느껴봤다. 예설이가 백혈병 진단받기 전 내 머릿속에 남아 있는 예설이의 모습을 떠올려 봤다. 예설이가 어린이집을 마치고 집 현관문을 열고 뛰어 들어오면서 "엄마."라고 부르는 모습이었다. 불편한 감정이 찾아올 때마다 매번 내가 원하는 모습을 의식적으로 떠올렸다. 신기하게도 다시 기분이 좋아졌다.

죽음은 사랑하는 사람을 만나지 못하게 갈라놓는다. 머릿속으로 죽기 전 예전의 추억을 소환할 수는 있겠지만 떠난 사람과는 함께하는 시간을 가질 수는 없다. 아무리 바라도 다시 만날 수는 없다. 죽음 자체는 우리가 선택할 수 없지만 죽음을 맞이하기 전까지 어떻게 살 것인지는 선택할 수 있다. 나는 가족과 이별을 경험하면서 죽음에 대한 두려움이 커졌다. 그 두려움 때문에 오늘을 헛되이 보내고 싶지는 않았다. 죽음을 가까이 두고 생각은 하되 너무 심각해지지는 말자고 다짐했다. 나를 다시 찾아올 수 있는 죽음이지만 막연한 두려움보다는 죽음에 대해 좀 더 알아 가고, 배워 보고, 생각해 보는 시간을 갖고 싶었다. 딸아이의 항암 치료 과정을 곁에서 지켜

보면서 나의 죽음, 너의 죽음을 자주 생각했다.

"나에게 살 수 있는 날이 오늘뿐이라면?"

"내 가족을 볼 수 있는 날이 오늘이 마지막이라면?"

이런 질문을 던질 때면 매번 정답은 같았다.

신나게 살자. 오늘 하루에 집중하자. 오늘을 후회 없이 보내자. 그리고 활짝 웃자.

4

절망 앞에 희망이 있다

예설이의 소아백혈병 치료는 매번 척수강내항암부터 했다. 딸아이는 현재까지 14번의 척수강내항암을 했다. 아직 어려서 재워야 했기 때문에 진정제를 투여했다. 예설이는 척수강내항암 전날 저녁 시간부터 금식했다. 스테로이드 약을 먹을 때는 새벽에 배고프다고 자주 울었다. 금식과 스테로이드 약 복용이 겹치는 날은 딸의 식욕을 멈추기가 가장 힘들었다.

예설이의 척수강내항암이 시작되면 나는 83병동 주사실 문 앞에서 기도하는 마음으로 기다렸다. 어떤 날은 항암 중에 딸아이가 마취에서 깼는지 주사실 안에서 아이의 목소리가 들리는 날도 있었다. 예설이는 척수 항암을 마치고 엎드린 채로 주사실을 나왔다. 예설이의 뒷머리가 다 빠져 있었는데 양말 한 짝까지 어디로 갔는지 벗겨져 있었고 예설이의 눈은 마취가 덜 깼는지 초점이 풀려 있었다. 엄마를 찾는 예설이를 보고, 나는 참고 있던 눈물이 터졌다. 딸아이는 누워서 4시간을 견뎌야 했다. 침대에 엎드려 누워 1시간, 바로 누워서 3시간을 버텨야 했다. 의식이 완전히 돌아오면 물부터 조금 주고, 과자나 음료수도 조금씩 주었다. 저녁이 되어서야 예설이는 제대로 된 밥을 먹을 수 있었다. 척수 항암 하는 날은 우리 모두 인내가 필요했다.

『오방떡소녀의 행복한 날들』이라는 책은 암 환자의 소소한 일상과 기쁨, 슬픔, 희망을 담은 자전적 만화책이다. 책에서는 골수 검사받는 장면이 아주 자세하게 표현되어 있다. 딸아이는 골수 검사할 때 진정제를 투여해서 아픔을 느끼지 못한다는 것을 알고 있었지만 골수 검사가 이렇게 힘든 일인 줄은 몰랐다.

예설이는 세 번의 골수 검사를 했다. 골수 검사는 척수강 내항암처럼 검사를 마치고 나면 누워 있어야 했다. 이번에는 모래주머니를 허리 밑에 받치고 장시간 있어야 했다. 모래주머니가 불편하다며 빼 달라고 하는 딸아이와 조금만 더 버티자며 설득하는 나 둘 다 땀을 뻘뻘 흘리며 시간이 가기만을 바랐다. 티브이 시청으로 설득도 해 보고, 장난감도 손에 쥐여 주고, 할 수 있는 것은 다 해 보면서 예설이가 6시간을 누워서 버틸 수 있게 도왔다. 딸아이의 골수 검사한 부위에는 두꺼운 거즈와 잘 떨어지지 않는 테이프가 넓게 붙여져 있었다. 며칠 뒤에 테이프를 떼고 나서 보면 골수 검사 부위에 꽤 큰 구멍이 나 있었다. 예설이를 평소보다 더 많이 안아 주면서 위로해 주었다.

병원 생활은 산을 넘는 것과 같다는 생각이 들었다. 산을 넘을 때는 하나의 정상만 바라봤다. 그 산을 넘고 내려오면 또다시 다른 산을 올랐다. 예설이도 병원에서 하나의 항암 스케줄이 끝나면 다시 원점에서 새롭게 다음 치료를 시작했다. 처음부터 절망할 필요는 없었다. 언젠가는 올라야 할 산도 줄 것이고 끝은 있을 테니까. 우리 가족에게는 결과도 중요했지만, 과정도 중요했다. 딸아이는 앞으로 살아가야 할 날이 많이 남았다. 예설이가 엄마, 아빠와 함께할 수 있는 시간은 짧으면 30년, 길면 40년 정도가 아닐까 생각한다. 살아갈 날의 끝을 생각하면 나에게 주어진 오늘이 그 어느 때보다 감사하게 느껴졌다.

외래 진료가 있는 날은 치료 중인 보호자들과 만났다. 외래 대기 중인 가족들은 담당 교수님과 면담을 위해 진료실 앞에 앉아서 대기했다. 나는 진료실을 다녀오는 보호자들의 표정을 유심히 살펴봤다. 자녀의 수치가 낮아서 실망하는 표정, 치료 중에 재발이 되었다는 이야기를 들어서 마음이 무너지는 슬픈 표정, 자녀의 수치가 올라 입원 치료할 수 있어 밝은 표정까지 다양했다. 밝고 웃는 표정이 가장 전염이 빨랐다. 마음이 힘든 날도 웃으면 덜 힘들게 느껴졌다.

병원 외래 진료실은 다양한 아이들이 진료받는 곳이다. 소아암 치료를 막 시작한 아이들도 있고, 예설이처럼 유지 치료 중인 아이들도 있다. 소아암 치료 종결을 앞둔 아이들, 치료 종결 후에 피검사 수치를 확인하러 온 아이들도 있다. 보호자들의 표정은 대개 밝다. 머리카락 길이만 다를 뿐 항암 치료 중인 아이들은 해맑다.

처음에 소아 백혈병에 대해서 아무것도 몰랐을 때의 일이다. 입원 준비물을 챙길 때 나는 무균실에서 사용하는 물품을 샀다. 모든 아이들이 무균실에서 치료하는 줄 알았다. 그때부터 딸아이가 항암 치료 중에 부작용으로 힘든 상황이 닥치면 무균실이나 집중치료실에서 있는 아이들을 떠올렸다. 예설이보다 힘든 환경에서도 잘 버티고 있는 아이들을 떠올리는 것만으로도 우리 가족에게는 힘이 되어 주었다. 절망 앞에는 늘 희망이 있다. 희망 뒤에 또 절망이 따라올 수 있지만, 만약 그렇다면 우리 가족은 또다시 희망을 찾을 것이다. 어떤 부작용이든 간에 어려움이 딸아이를 찾아온다면, 예설이가 하루빨리 털어 버릴 수 있도록 도울 것이다. 절망 앞에 있는 희망을 붙들어 본다.

5

여러 가지 부작용을 겪으며

예설이는 급성림프모구백혈병을 치료하면서 여러 가지 부작용을 겪었다. 보호자인 나에게는 간병 원칙들이 생겼다. 지금도 한 번씩 혼자서 조용히 앉아 있을 때면 양유진 교수님을 만났을 때 처음 들었던 면담 내용이 생각난다.

"어머니, 예설이 몸이 상하지 않게 잘 관찰해 주세요."

병원에서 예설이를 관찰하는 것이 나의 일이었다. 어떤 증상이 찾아오면 나는 예설이를 지켜보고 증상을 기록했다.

딸아이 유지 치료 6개월 차였다. 주말에 발레 수업에 다녀와 가족들과 함께 점심을 먹었다. 예설이는 오후 늦게부터 설사를 했다. 나는 딸의 대변 사진을 찍고 시간을 기록했다. 저녁에는 딸아이에게 흰죽을 먹였지만 다시 설사했다. 소아과에서 일전에 처방받은 일회용 수액 레스큐라이트를 서랍장에서 꺼냈다. 양부대 소아암 단톡방을 열어서 "설사" 키워드로 검색해 보니 예전에 예설이가 설사했을 때 교수님께 물어봤던 대화 내용을 찾았다. 하율이 아버님께서 하율이 유지치료 중에 구토했을 때 문의한 내용 중에 양 교수님이 설사와 관련된 답변도 같이 해 주신 내용이 있었다. 나는 소아암 단톡방 대화 내용을 읽고 참고했다. 예설이가 대변 본 이후에는 좌욕을 꼭 시켰다. 예설이 엉덩이 건조도 시키고 로션을 듬뿍 발라 주었다. 변기통 소독도 잊지 않았다. 예설이 손 씻기도 평소보다 자주 씻겼다.

나는 예설이에게 흰죽을 먹였다. 물도 많이 마시게 하려고 500밀리 물통도 식탁 위에 여러 병 꺼내 두었다. 잘 때도 예설이가 물을 찾으면 바로 주려고 물통을 자는 곳 주변에 놓아두었다. 만약에 예설이가 설사를 계속하면 탈수가 올 수도 있으니 집 근처 소아과에서 수액을 맞든지 아니면 양부대 소아 응급실에 입원해야겠다는 생각이 들었다. 다음 날 아침 예설이 컨디션을 지켜보면서 대변 증상이 어떤지 살폈다. 딸 아이에게 항암 부작용이 찾아오면 나는 발 빠르게 움직였다.

항암 부작용 중에서 가장 힘들었던 것이 무엇이었는지 나는 생각해 봤다. 무엇보다 감염이 가장 두려웠다. 항암 치료하는 아이들은 하루아침에 갑자기 상태가 나빠졌기 때문이다. 손발 자주 씻기, 식사 후 양치하기, 가글 수시로 하기, 대변 후 좌욕하는 것은 선택이 아닌 필수 수칙이었다. 피검사하고 백혈구와 호중구 수치가 낮은 날은 외출을 삼가고 먹는 것도 조심시켰다. 피해야 할 것들을 잘 지켰다. 과일도 껍질을 굵게 깎아 데워서 먹였다. 호중구가 아주 낮을 때는 과일 대신 방울토마토 껍질을 벗겨서 불에 푹 익혀서 주었다. 피검사 수치에 따라서 해야 할 것과 하지 말아야 할 것을 지키면서 부작용이 찾아올 때마다 대응해야만 했다. 어느 부작용이 언제 어떻게 올지 아무도 몰랐다.

예설이가 손톱과 발톱을 뽑았을 때 나는 감염 걱정이 가장 컸다. 예정된 항암 치료만으로도 충분히 감당하기 힘든 스케줄인데 발톱까지 뽑아서 피검사 수치가 낮아지는 바람에 항암 치료가 지연되었다. 딸아이가 항생제까지 복용하면서 피 검사 수치는 요동쳤다. 백혈구는 2.14에서 1.46으로 떨어졌고 호중구는 1.02에서 0.81, 0.76까지 떨어졌다. 적혈구 수혈도 했다. 간 수치와 황달도 같은 시기에 찾아와서 나는 걱정이 이만저만이 아니었다. 처음으로 예설이가 발톱을 뽑았을 때는 이 시기만 잘 넘기면 될 거로 생각했는데 딸아이가 두 번째 발톱을 뽑고 나서는 나는 어떻게 대처해야 할지 난감했다.

예설이는 스테로이드 약용량을 줄이면서 황달과 간 수치가 올라갔다. 관해 유도 항암 치료의 끝을 향해 가고 있을 때였다. 척수강내항암, 골수 검사도 예정되어 있었다. 예정된 치료와 검사를 하지 못하게 될까 봐 나는 두려웠다. 두 번의 발톱 사건 이후 병원에서 나는 예설이 발톱 치료에만 신경 썼다. 매일 포비돈 스틱 세 개를 간호사실에서 받았다. 예설이가 움직이기 싫어해도 하루 세 번씩 손발을 씻겼다. 꼼짝하지 않으려고 하는 날은 바가지에 물을 떠서 침대로 가져가 예설이를 침대에 앉혀서 발을 씻기고 헹구었다. 담당 교수님이 처방해 주신 주사 항생제 치료와 함께 하루 세 번 소독하고 에스로반, 운디드 드레싱, 파르나겔 순으로 약을 발라 주었다.

두 번째로 가장 힘들었던 부작용은 예설이가 걷지 못할 때였다. 딸아이가 발톱을 뽑았던 시기에 예설이는 침대 밖으로 나오지 않으려고 했다. 억지로 운동을 시킬 수도 있었지만, 스트레스를 받으면 또 자다가 발톱을 뽑아 버릴까 봐 걱정되었다. 예설이는 다리 근육이 빠져서 잘 걷지 못했다. 퇴원하고 나서 열심히 운동시키면 괜찮을 줄 알았다. 한 달 동안 걷기를 소홀히 한 것도 있고, 딸아이가 항암 치료를 하고 있었기 때문에 다리 근육이 더 약해져 있었다. 항암 치료 시작 후 한 달쯤 되었을 때 예설이는 휠체어 없이는 두 발로 걷기가 힘들었다. 담당 교수님께 예설이가 걷지 못하는 것을 말하고 재활 치료를 시작했다.

재활 치료 선생님께서 직접 예설이가 있는 병실로 오셨다. 침대에서 딸아이가 할 수 있는 동작을 가르쳐 주셨다. 예설이가 잘 따라 하지는 못했지만 나는 알려 주신 동작을 수첩에 잘 기록해 두어 집에 가서도 배운 재활 운동을 실천했다. 병원보다 확실히 집에서 다리 운동할 때 재활 속도가 훨씬 빨랐다. 나는 장난감용 주방 놀이를 예설이에게 사 주었다. 예설이는 요리하면서 쭈그리고 앉았다 일어나는 동작을 반복했다. 가족들에게 장난감 주방 놀이로 요리해 주면서 운동도 되었다. 재활 치료 시작한 지 3개월쯤 될 때였다. 운동을 꾸준히 하면서 어느 날 예설이가 집안 현관문 앞에서부터 안방까지 빠른 걸음으로 달려왔다. 감격스러운 순간이었다.

세 번째 우려되었던 부작용은 눈 처짐 증상이었다. 꼬마 유리병에 담긴 빈크리스틴 항암 치료를 하고 나면 예설이는 점점 눈꺼풀이 내려갔다. 병원 외래에서 보호자들이 딸아이의 눈 처짐 증상을 볼 때마다 걱정해 주었다. 외래 진료 볼 때마다 눈 처짐 증상을 담당 교수님께 문의했지만 딸의 눈은 아직은 괜찮다고 기다려 보자고 하셨다. 다행히 세 번째 치료인 1차 중간 유지 치료가 시작되고 나서부터는 예설이의 눈 처짐 증상이 호전되었다. 아무런 검사 없이 잘 넘어갔다. 기다림에는 끝이 있었다.

네 번째 부작용은 1차 중간 유지 치료 기간 8주 때였다. MTX 항암 치료를 하면서 예설이는 구내염과 구토, 설사가 거의 8주 내내 있었다. 몸무게는 늘지 않았다. 집에서는 미역국을 자주 먹였다. 딸의 입안이 헐어서 입맛도 없었고, 속도 안 좋았다. 시간이 지나가기를 바라며 버틸 뿐이었다. 구토를 너무 많이 했을 때는 소아 응급실에 갔다가 입원하기도 했다. 딸아이는 병원에서 수액을 맞으며 버텼다.

유지 치료 중인 지금도 예설이네 차 트렁크에는 입원용 여행 가방이 실려 있다. 간단한 보호자 물품과 딸아이의 입원 물품이 들어 있다. 언제 어디서든 입원을 대비해서 준비해 두었다. 지금은 짐이 많이 줄었지만 예전에는 병원에 입원할 때 챙겨 간 물건이 더 많았다.

항암 치료 하면 항암 부작용이 예설이를 찾아왔다. 부작용을 버티고 나면 부작용도 지나갔다. 딸아이는 언제 아팠냐는 듯이 아픔을 잊고 다시 잘 놀았다. 부작용을 겪을 때마다 예설이와 반대로 보호자인 나는 걱정이 쌓여만 갔다. 한고비를 넘기면 지나간 일은 털어 버려야 하는데 잘되지 않을 때도 있었다. 예설이를 보면서 나는 배웠다. 지나간 것은 지나간 것이다. 예설이처럼 지나가면 잊어버리자. 딸아이는 모범 답안을 이미 알고 있는 듯했다. 예설이처럼 항암 부작용을 겪고, 넘기고, 잊자.

6

갑작스럽게 찾아오는 불청객

예설이는 소아 백혈병 치료 초기에는 혈소판 수혈은 한 번도 하지 않았지만 지정 헌혈 수혈자 등록 번호는 있었다. 언제 수혈이 필요할지 모르는 일이었기 때문이다. 딸아이의 혈액형과 맞는 지인분들 몇 명을 알아 두는 것이 좋다는 이야기를 병실 보호자들에게 들었다. 가족 중에는 예설이와 맞는 혈액형이 없었다. 나는 딸에게 맞는 혈액형을 찾을 시간이 없어 집에 있는 남편에게 도움을 요청했다. 남편의 친구이자 경찰 동료인 종빈 오빠가 직장 온라인 게시판에 혈소판 수혈을 요청하는 글을 올린 것을 알게 되었다. 종빈 오빠는 예설이 엄마, 아빠가 부부 경찰관이고 소아 백혈병 투병 중인 딸을 위해 혈소판 수혈이 긴급하게 필요할 때 수혈할 수 있는 분을 찾는 글을 썼다. 종빈 오빠와 남편에게 개별적으로 많은 분들이 연락처를 남겨 주셨다. 세상에는 여전히 나눔을 실천하고 마음이 따뜻한 분들이 많다는 것을 느꼈다. 나도 살면서 누군가를 도울 기회가 생기면 꼭 도와야겠다는 생각이 들었다.

2022년 추석이었다. 병원에서 예설이와 함께 보내고 있는데 8층 복도에서 범준이 엄마를 만났다. 갑자기 범준이 엄마는 내 손을 잡았다. 범준이가 갑자기 혈소판이 뚝 떨어져서 혈소판 수혈이 필요하다고 했다. 울산에서 지인이 헌혈의 집에 가려고 했는데 예약이 안 되어 갈 수 없는 상황이라고 했다. 지정 헌혈 앱에서도 혈소판 헌혈해 주시기로 한 분이 성분 검사에서 탈락하여 헌혈해 줄 수 없는 상황이었다. 명절이라 양부대에서도 혈소판 공급이 안 되고 있었다.

명절날 수혈해 줄 사람을 찾는 게 쉬운 일은 아니었다. 말하기 편한 경찰 동기부터 나는 전화를 걸었다. 경찰 동기 중에 충제 오빠가 쉬는 날이었고, 아들을 어머님 댁에 맡기고 헌혈의 집에 가 주겠다고 했다. 나는 동기가 준비하는 동안 부산에서 헌혈이 가능한 헌혈의 집을 찾아보았다. 헌혈의 집에 전화하니 당일 예약은 안 된다고 했다. 항암 치료 중인 아이가 병원에서도 혈소판 수혈이 안 되고 있어 긴급 상황인 것을 충분히 설명하고 부탁했다. 내가 전화한 헌혈의 집에서는 예약한 손님이 끝나면 늦게라도 헌혈할 수 있게 해 주겠다고 하셨다. 충제 오빠를 통화했던 그 헌혈의 집으로 안내했다. 혈소판 수혈을 위해서는 전날 술이나 기름진 음식을 먹지 않는 것이 좋다고 했다. 수혈 전에는 전자 문진을 하고, 성분 조사를 했다. 다행히 충제 오빠는 성분 조사에서 정상으로 결과가 나와 혈소판 수혈이 가능했다. 혈소판 수혈 시간은 1시간 30분 정도 걸렸다. 혈소판 수혈을 위해서는 이동 시간, 대기 시간, 수혈 시간까지 대략 3시간 정도 시간을 내야 했다. 다음 날 범준이는 다행히 혈소판 수혈을 받을 수 있었다.

엔독산 항암 치료를 받으면 2주 후에 피검사 수치가 완전히 바닥으로 떨어진다는 말을 교수님께 들었다. 정말로 예설이는 백혈구, 호중구 수치를 포함해서 혈소판 수치도 급격하게 떨어졌다. 딸아이는 항암 치료를 마치고 병원에서 퇴원했기 때문에 외래 진료실에서 혈소판 수혈을 했다. 예설이는 여러 번 울었다. 병원에 처음 도착했을 때 팔에 피검사해서 울고, 주사실에서 케모포트 연결할 때 울고, 케모포트 뺄 때 울고, 수치 주사 팔에 맞을 때 또 울었다.

나는 수혈할 때 예설이가 수혈할 혈액형이 맞는지 꼭 확인했다. 지인의 딸이 서울에 있는 병원에서 치료 중에 다른 아이의 항생제를 맞았다는 이야기를 들은 이후로 나는 예설이의 모든 항암 주사와 수혈할 때는 이름과 혈액형을 꼭 확인했다. 실수를 줄이기 위해서는 사전에 확인하는 방법뿐이다. 인적 사항과 혈액형이 맞는지 확인하고, 귀한 시간을 내어 수혈해 주신 분을 위해 잠시 마음속으로 감사의 마음을 전했다.

예설이는 수혈 후에 유난히 식은땀을 많이 흘렸다. 저녁에 잘 때도 여벌 옷을 옆에 두어야 했다. 자다가 옷이 너무 젖으면 갈아입혔다. 예전에 빨간 피 적혈구 수혈하다가 열이 나서 수혈을 중단한 적이 있었다. 수혈할 때 열이 나면 수혈을 멈춰야 하기에 나는 딸아이가 열이 나는지 수시로 확인했다. 나는 혈소판 수치가 얼마나 중요한 역할을 하는지 알게 되었다. 혈소판 수치가 낮을 때는 몸에 멍도 잘 들고 피가 나면 멈추지 않았다. 혈소판이 낮으면 예설이가 다칠까 봐 외출하기도 꺼려졌다.

2023년 한글날 연휴를 보내고 있는데 83병동에서 치료 중인 은재 엄마에게 연락이 왔다. 은재가 혈소판이 갑자기 떨어졌는데 한글날 연휴로 병원에서도 혈액 공급이 잘되지 않고 있다고 했다. 지정 헌혈 앱과 지인들도 일정이 잘 맞지 않아 나에게 도움을 요청했다. 나는 하던 일을 멈추고 지인들에게 전화를 걸기 시작했다. 말하기 편한 경찰 동기들부터 남편의 경찰 동기까지 한 분씩 전화했다. 말하기 편한 사람도 있었지만 말이 잘 안 나오고 어려운 사람도 있었다. 전화를 걸었는데 너무 미안한 분도 있었다. 선배님의 와이프가 혈액암 진단을 받았다는 이야기는 충격이었다. 차분한 목소리로 부산에서 항암 치료 중이라고 하셨다. 선배님께 혹시 수혈이 필요하면 꼭 연락해 달라는 말을 전했다.

다른 분들에게 다시 전화를 걸었다. 남편의 경찰 동기 구열이 삼촌이 동기 단톡방에 혈소판 소식을 올려 주었는데 고맙게도 정훈이 삼촌이 혈소판 수혈을 해 주시겠다고 했다.

감사의 인사를 전하고 은재 수혈자 등록 번호를 알려 주었다. 내가 수혈해 주고 싶었지만 출산 이력이 있어 혈소판 수혈을 해 줄 수가 없었다. 나는 수혈을 해 줄 수가 없고, 다른 사람에게만 혈소판 수혈을 부탁할 수 있는 상황이었다. 도움을 주실 한 분을 찾았을 때의 기쁨은 이루 말할 수가 없었다.

지정 헌혈 앱은 소아암 가족들에게 아주 유용한 앱이다. 그곳에서 수혈 도움을 받을 수 있다. 지정 헌혈해 주시는 분 중에 성분 분석에서 성공하지 못할 수도 있다. 긴급 상황을 대비하여 가까운 지인 중에 맞는 혈액형 몇 명을 알아 두면 도움이 되었다. 혈소판 수혈은 예고 없이 찾아왔다. 언제 올지 모르는 혈소판 손님을 대비해서 미리 준비해 두면 덜 당황했다. 미리 준비하더라도 예상이 어긋날 때가 있다. 그때는 주변에 도움을 요청하면 된다. 항상 극적으로 도움 주시는 분들이 나타난다고 믿는다. 혼자 앓지 말고 주변 사람들에게 도움을 요청하자.

7

소아암 완치에 대한 믿음

예설이는 비수도권 지역에서 B세포 급성림프모구백혈병 표준형 치료 중이다. 서울이 아닌 양산에서 치료하고 있다. 양산부산대학교병원에서 소아 백혈병 치료하는 아이가 서울로 전원한 소식을 가끔 듣는다. 우리 부부는 딸아이의 백혈병 치료를 지방에서 시작한 것에 대해 후회는 없다. 예설이 백혈병 유지 치료 5개월 차에 접어들었을 때 남편과 나, 첫째 예빈이와 함께 함양으로 가는 길이었다. 예설이는 설사를 해서 어머님과 함께 집에 있었다. 남편이 운전하고 나는 조수석에 앉아서 소아암 치료를 하는 가족들에 대한 이야기를 나눴다. 나는 남편에게 예설이 백혈병 완치에 대한 100%의 믿음이 있는지 물었다. 예설이가 관해 유도 항암 치료 하는 한 달 동안 남편은 일주일에 두세 번씩 병원에 들러 물건을 전해 주었는데 집으로 가는 차 안에서 한국백혈병어린이재단에서 보내 준 가수 임영웅의 CD를 들으면서 매번 울었다고 했다. 남편은 어린 딸아이가 힘든 항암 치료를 버틸 수 있을지 걱정하는 마음이 컸는데 예설이가 잘 버티는 모습을 지켜보면서 시간이 지날수록 걱정이 조금씩 줄어들었고, 소아암 완치에 대한 믿음도 커졌다고 했다.

나의 고모는 젊었을 때 자궁경부암 진단을 받았다. 어릴 때 내가 기억하기로는 고모는 항상 아침마다 녹즙을 갈아 먹었고, 먹는 음식도 까다롭게 챙겨 먹었다. 고모는 60대 중반에 자궁경부암 초기 진단을 다시 받고, 방사선 치료를 받았다. 고모는 젊었을 때부터 식습관을 완전히 바꾸고 건강을 잘 챙길 수 있었던 이유는 암에 걸렸기 때문이라고 했다. 나는 딸아이가 소아 백혈병 진단받은 것은 슬픈 일이지만 암 덕분에 평생 건강을 챙기면서 살 수 있게 되었다고 마음을 바꿔 먹었다.

『뉴욕 정신과 의사의 사람 도서관』이라는 책을 읽으면서 '지속적 애도 장애'라는 말을 알게 되었다. 지속적 애도 장애

란 사랑하는 사람을 잃는 과정에서 겪는 어려움이라고 했다. 어머님과 나는 사랑하는 가족을 혈액암으로 잃었다. 어머님은 딸을 잃고, 나는 어머니를 잃으면서 지속적 애도 장애를 겪었다. 어머니와 나는 백혈병 진단받은 예설이만큼은 살리고 싶었다. 어머님은 딸아이가 소아암 진단받았을 때 많이 힘들어하셨지만 다시 정신을 차리셨다.

"우리 가족 다 같이 예설이를 살려 보자!"라며 어머님은 내게 힘내자고 하셨다.

예설이와 치료 시기가 비슷한 아이들은 대부분 항암 치료 시작 1년 전후로 유지 치료를 시작했다. 범준이는 수치 회복이 잘되지 않아 항암 치료 스케줄이 늦어졌다. 범준이의 집중 치료 마지막 달이었다. 입원해서 척수 항암을 하는데 산소포화도가 떨어져서 산소호흡기를 코에 착용했다. 범준이가 기침을 많이 해서 엑스레이를 찍었는데 폐렴이었다. 백혈구를 포함해서 다른 수치들이 떨어졌다. 빨간 피, 노란 피 수혈을 매일 했다. 범준이는 엔독산 치료 후에 모든 항암 치료가 중단되었다. 예설이보다 힘든 항암 치료를 겪고 있는 범준이 엄마에게 나는 어떤 위로의 말을 해 줄 수 있을까? 환우 보호자로서 내가 할 수 있는 일은 범준이 엄마가 이야기하고 싶을 때 들어 주고, 울고 싶을 때 같이 울어 주는 것이었다. 나는 범준이 엄마 곁에 있어 주고 싶었다. '소아암은 나을 병'이라고 큰 소리로 외치고 싶었다. 힘겹게 버티고 있는 범준이가 고비를 잘 넘기기를 간절히 기도했다.

결혼 10년 만에 예설이가 태어났다. 내가 스물여섯 살에 결혼했으니까 서른여섯 살에 예설이가 태어난 것이다. 첫째 예빈이와 둘째 예설이를 임신하고 출산할 때 나는 자기암시를 활용했다. 예설이가 태어나기 한 달 전부터 산부인과 의사 선생님은 3.74킬로그램으로 예설이가 너무 크다며 음식을 적게 먹고 운동은 많이 하라고 말씀하셨다. 나는 매일 자기 직전, 자고 일어난 직후에 나만의 주문을 외웠다.

"나는 2018년 10월 건강하게 둘째 임신하여, 2019년 6월 21일 3.4킬로그램으로 건강하게 순산하고 모유 수유합니다."

내가 한 말처럼 예설이는 3.47킬로그램으로 태어났다. 나는 말의 힘을 믿게 되었다. 소아암은 나을 병이고 예설이는 건강하게 백혈병 치료 종결하고 대학교도 가고, 직장도 다니고, 결혼도 해서 자녀도 낳고 할머니가 될 때까지 오래오래 건강하게 지내면서 소아 백혈병 환우들을 돕는 삶을 살 것이라고 외치고 있다.

병원에서 여고생 신비를 처음 봤을 때가 생각난다. 신비는 양부대에 오기 전에 여러 번 몸이 아팠지만 왜 아픈지 병명을 찾지 못해 힘들었다고 했다. 소아암 진단받은 신비는 암 진단 자체가 절망적이고 슬픈 일이지만, 어디가 아픈지 알게 되어 앞으로 항암 치료하면 나을 수 있다고 기뻐했다.

신비와 예설이 그리고 83병동에서 치료하는 모든 아이들은 소아암 완치를 꿈꾼다. 아이들의 꿈이 이루어지기를 진심으로 바란다.

8

강한 아이였습니다

외래에 갈 때면 예설이는 매번 지하 1층에 들러 피검사부터 했다. 진료비를 하이패스 결재로 신청한 이후로 병원에 도착하면 외래 창구에서 접수하지 않고, 바로 피검사실로 갈 수 있어 편했다. 피검사 하는 곳 앞에는 기계가 있었다. 딸아이의 병원 등록 번호를 누르면 피검사 예약 번호표가 나왔다. 예설이는 피검사 번호표 순서대로 기다린 후에 팔에 피를 뽑았다. 딸은 예전에 피 뽑을 때는 많이 울었는데 요즘은 울지 않았다. 피 뽑는 순간 고개를 돌리고 꾹 참았다. 2주마다 규칙적으로 병원에 방문해서 피검사 하는 일은 딸아이에게 익숙한 일상이 되어 가고 있었다.

예설이는 병원에서 입원할 때보다 집에서 통원 치료할 때 컨디션이 더 좋았다. 집에서 가족들과 함께 시간을 보내고, 병원 외래 치료 후에도 집으로 돌아올 수 있다는 사실이 딸아이에게는 큰 힘이 되어 주었다. 예설이 표정도 밝았다. 잘 걷지 못해 다리 재활 치료를 받았을 때 치료 경과도 집에 있을 때 월등히 좋아졌다.

MTX 항암 치료를 한 날이었다. 예설이는 속이 불편했는지 구토를 했는데 내가 걱정하는 모습을 보고 딸은 나에게 이렇게 말했다.

"엄마, 설이 잘할 수 있어."

예설이는 겨우 네 살이었다. 아픈 딸을 보고 속상해하는 나에게 잘 버틸 수 있다고 말해 주었다. 예설이 앞에서 울지 않겠다고 다짐했는데, 눈물이 나서 뒤돌아 훌쩍거렸다. 생각해 보니 딸은 병원에서 치료할 때마다 힘겨워했지만 잘 버티고 있었다. 아프기 전에도 강했는데 소아 백혈병 치료하면서도 예설이는 여전히 강한 아이였다. 딸아이가 아프기 전 다니던 소아과 의사 선생님은 어릴 때부터 예설이가 강하다는 소리를 자주 해 주셨다. 소아과에서 진료 보는 아이 중에 예설이처럼 의사 선생님의 눈을 똑바로 쳐다보며 진료하는 아이는 많지 않다고 하셨다. 딸아이는 늘 의사 선생님 눈을 보고 진료했다. 예설이는 강한 아이였다.

나는 소아암 치료하는 환우들의 소식을 SNS 통해서 접했다. 로건이와 예나의 백혈병 진단 1주년 소식을 본 지 얼마 되지 않은 것 같은데 어느덧 예설이에게도 소아 백혈병 진단 1주년이 찾아왔다. 내 생일날 예설이 목에서 멍울을 발견하고 놀랐던 내 모습, 2주 뒤에 열이 나면서 양산부산대학교병원 소아 응급실에 방문했던 때, 예설이가 급성림프모구백혈병 진단을 받고 항암 치료하는 과정들이 파노라마처럼 스쳐 지나갔다. 예설이는 아직 어린이집이 아닌 병원에 항암 치료하러 다니지만, 어린이집으로 돌아갈 꿈을 꾼다. 돌아갈 곳이 있다는 건 힘든 하루를 버틸 수 있게 해 준다.

항암 치료 과정은 기다림의 연속이었다. 일단 대기 시간이 길었다. 담당 교수님과 진료실에서 진료 본 다음에는 병원 지하 1층 주사실에 가서 케모포트 연결해 주실 간호사 선생님이 올 때까지 기다려야 했다. 척수 항암이 있는 날은 인턴 선생님이 오실 때까지 기다려야 했다. 간호사 선생님과 인턴 선생님은 항상 바쁘시기 때문에 매번 기다림의 시간은 알 수 없었다. 예설이가 항암 치료를 잘 마쳤어도 몸이 회복될 때까지 아픔을 참고 견디면서 기다려야 했다. 딸아이에게 기다림은 익숙해질 법도 한데 매번 힘들어했다. 언제 집에 가는지 묻고 또 묻는 예설이에게 나는 곧 집에 갈 거라고 다독였다.

대기 시간에 딸은 병원 1층에 있는 풍선 기계에서 풍선 하나를 샀다. 예설이는 풍선을 하나 사 주면 손가락에 끼고 한참을 가지고 놀았다. 주사실에서 기다릴 때는 어쩔 수 없이 패드로 넷플릭스를 보여 주었다. 옆 침대에서 치료하는 다른 아이들에게 피해를 주지 않기 위해서는 방법이 없었다. 가끔 소아암 환우인 예나, 유나와 영상통화 하면서 힘든 시간을 버티기도 했다.

예설이는 83병동에서 항암 치료하면서 미디어에 많이 노출되었다. 항암 치료로 아파서 견뎌야 하는 시간이 많았기 때문에 그 시간을 보내기 위해 나는 예설이에게 티브이를 보여 주었다. 병원에서 생긴 티브이 보기 습관은 집에서도 이어졌다. 티브이를 보면서 밥을 먹는다든지 티브이와 병행하는 습관과 결별해야 했다. 예설이가 한 번에 한 가지 일을 할 수 있도록 나는 돕고 싶었다. 요즘은 식사 중에 예설이의 티브이 시청 습관이 점점 좋아지고 있다. 좋은 습관을 만드는 것보다 나쁜 습관을 버리는 일이 더 힘들다는 사실을 깨달았다. 우리 가족은 아직 고쳐야 할 습관이 많이 남아 있지만 노력하면 다 고칠 수 있다고 믿는다.

가만히 생각해 보니 나는 자주 울었다. 예설이를 재우고 컴컴한 방 안에서 자주 울었다. 딸아이의 항암 치료가 계속되면서 내가 슬플 때뿐만이 아니라 기쁠 때도 운다는 것을 알게 되었다. 예설이가 재활 치료를 받고 두 발로 잘 걸을 때 나는 너무 좋아서 울었다. 딸아이의 수치 회복이 오랫동안 되지 않아 유지 치료를 시작하지 못하고 있었는데 갑자기 수치가 빵 뛰어서 유지 치료에 들어갔을 때 또 너무 좋아서 울었다. 백혈병 유지 치료 시작하는 날 임 교수님이 이제 집중 치료가 끝나서 생명이 위태로운 응급 상황은 없을 거라는 말에 너무 좋아서 진료실을 나와 울었다. 억지로 눈물을 참기보다 눈물이 나면 그냥 울었다.

딸아이의 강인함은 어디서 나오는 것일까? 예설이가 나이가 어려서 힘든 항암 치료를 견디지 못할 거라는 생각은 잘못된 것이었다. 나이가 문제가 아니라 마음가짐의 문제였다. 강인함은 예설이의 마음에서 시작되었다. 딸아이에게는 소아암을 이겨 낼 강인함이 있었다. 예설이는 힘들고 아파도 다시 일어설 힘이 있었다. 딸이 항암 치료를 잘 버텨 주고 있듯이 우리 가족들도 예설이를 잘 지켜 줄 것이다.

다 좋아질 거라는 기대

4장

1

소아암 환우들을 위한 기도

1년에 1,500명의 아이가 소아암 진단을 받았다. 혹시 혈액암 가족력이 있는 나 때문에 예설이가 백혈병 진단받은 게 아닌가 하는 죄책감이 있었다. 양 교수님이 예설이가 운이 좋지 않아서 소아암 진단을 받았다고 말해 주신 덕분에 나는 아이를 잃을 수도 있는 20%가 아니라 생존율 80%에 의존할 수 있었다. 예설이가 유지 치료를 시작하면서 나는 기도문을 만들었다. 이제는 치료를 넘어서 예설이가 사회로 건강하게 돌아가는 것까지도 돕고 싶었다.

<소아암 치료 중인 딸과 환우들을 위한 기도>

1. 소아암 환우들이 지방에서도 의료진 걱정 없이 진료받기를 소원합니다.

2. 소아암 환우들이 부작용을 이겨 내고 완치되기를 소원합니다.

3. 소아암 환우들이 외로운 소아암 완치자가 아니라 건강한 사회구성원으로 자랄 수 있기를 소원합니다.

4. 소아암 환우들과 보호자, 소아청소년과 의료진의 사회적 관심이 높아지기를 소원합니다.

나는 내가 쓴 기도문을 입으로 말해 봤다. 나의 기도가 이루어진 모습을 떠올려 봤다. 외국 영화 〈시크릿〉의 주인공인 밥 프록터(Bob Proctor)의 강의를 들었는데 그는 주파수 이야기를 해 주었다. 하루를 시작하며 쓰는 감사일지는 기분 좋은 주파수를 계속해서 끌어당겨 준다고 했다. 내가 주문을 외우는 나의 기도문은 좋은 주파수를 끌어당겨 주고, 소아암 환우들에게 좋은 일이 눈사태처럼 일어날 것이라고 믿었다.

예설이의 소아 백혈병 치료를 막 시작했을 때 남편의 대학 친구이자 경찰 동료인 종빈 오빠의 가족에게 케이크 선물을 받았다. 종빈 오빠의 딸 고운이와 빛나가 예설이가 백혈병을 잘 이겨 내기를 바라며 온 마음을 담아 직접 케이크를 만들었다. 케이크를 만드는 사진을 남편에게 보내 주었는데 아이들의 진지한 표정이 보였다. 딸은 항암 치료 중이라 언니들이 만든 케이크를 직접 먹을 수는 없었지만 언니들의 마음만큼은 잘 받았다. 고운이 빛나 엄마인 복진 언니는 카카오톡 프로필 문구를 한 달 동안 이렇게 설정해 두었다.

"끝까지 응원할게! 양예설."

문현정 작가님은 예설이를 위해 촛불을 켜고 기도해 주셨다. 촛불을 켤 때마다 촛불 사진을 내게 보내 주셨다. 카카오톡, 문자, SNS 댓글로 예설이가 끝까지 항암 치료를 잘할 수 있도록 지인들은 기도해 주시고 응원해 주었다. 소아 백혈병 치료 기간이 1년이 넘어가고 있지만 여전히 가족들과 지인들은 예설이를 위해 기도해 주셨다. 많은 분의 응원 주파수의 힘이 느껴진다. 예설이를 위한 엄마의 기도는 계속될 것이다. 매년 똑같은 기도가 아니라 실천하면서 기도문 내용도 변할 것이다.

예설이 집중 치료 기간에는 차분하게 앉아서 기도문을 만들 여유가 없었다. 딸이 집중 치료할 때는 하늘나라에 있는 나의 친정엄마와 예설이 고모 정인이 아가씨를 번갈아 찾으면서 예설이를 지켜 달라고 마음속으로 부탁했다. 누가 시킨 것도 아닌데 왠지 두 분은 예설이를 지켜 주실 거라는 믿음이 있었다.

나는 서른아홉 살에 이유도 모르는 어지럼증이 찾아왔다. 출근도 하지 못할 정도로 어지러웠다. 어지럼증 치료가 완전히 끝나기도 전에 예설이가 소아암을 진단받았다. 경찰관으로서 엄마로서 열심히 살았다고 생각했는데 갑작스러운 일들이 겹치며 나는 혼란스러웠다. 예설이가 항암 치료를 받는 동안 지난 내 삶을 천천히 생각해 봤다. 이어서 딸아이를 간병하고 있는 지금의 내 삶과 무엇이 변했는지도 생각해 봤다.

가장 큰 차이는 바쁜 마음이 사라졌다는 것이다. 하루를 보내면서 일하고, 가정을 돌보는 일이 가장 중요한 일이 되었다. 시간이 나면 책을 읽고 글을 썼지만, 자투리 시간이었다. 잠시라도 읽고 쓰는 일은 삶의 활력소가 되어 주었다. 예설이와 환우들을 위한 기도문이 탄생했으니 이제 실천만이 남았다. 말로만 건강을 챙기는 것이 아니라 건강하게 살아가는 것이 우리 가족의 목표이다. 내 기도의 시작은 기도문을 만드는 것이었지만 기도문의 완성은 실천이다. 나는 오늘 하루를 소중하게 여기며 행동했다. 모든 응원의 시작은 기도였다. 온 마음을 담아 나는 오늘도 기도한다.

2

아쉬운 건 태도

첫째 예빈이와 예설이는 네 살 터울이라 예설이 낳을 때는 모든 육아를 처음 시작하는 것 같았다. 둘째 육아가 낯설었고 생각나는 것이 별로 없었다. 나는 몸이 기억하는 대로 예설이를 돌봤는데 첫째 예빈이 육아 때 내가 너무 원칙대로 예빈이를 키웠다는 것을 알게 되었다. 나는 늘 진지했다. 첫째 예빈이에게 나쁘다는 것은 하지 않았다. 과자와 초콜릿도 최대한 늦게 주었다. 두 딸을 키우면서 나는 감사일지를 썼다. 하루를 돌아보고 감사한 마음을 갖는 것은 나에게 의미 있는 일이었다.

딸아이의 백혈병 유지 치료 중에 나는 서울로 교육을 가게 되었다. 서울 교육장 근처에 사는 현주 언니와 저녁에 잠시 만나 커피를 마셨다. 현주 언니는 SNS에 올라오는 예설이의 치료 일기를 읽으면서 매번 괜찮다고 글 쓰는 내 모습에 차마 말을 걸지 못했다고 했다. 현주 언니의 말을 곰곰이 생각해 보니 예설이가 아플 때 썼던 치료 일기와 마찬가지로 두 아이를 낳고 썼던 감사일지 모두 의무감으로 썼었다. 어떤 날은 딸아이의 부작용 때문에 만 가지 부정적인 생각을 했었는데도 치료 일기에는 예설이를 위해 기도해 주셔서 감사하다고 썼다. 2022년 12월 26일 나는 이런 글을 썼다.

"저에게는 집중하는 마음, 평온한 마음, 사랑하는 마음 이 세 가지만 있습니다."

이 세 가지 마음만 먹으려고 노력했던 날도 있었지만 그렇지 않은 날도 있었다. 그렇지 않은 날에도 나는 감사하다며 글을 꾸역꾸역 썼다. 가장 아쉬운 건 나의 태도였다.

한국백혈병환우회에서 주최하는 온라인 독서 모임에 참여한 적이 있었다. 암 환우들이 겪는 일상과 생각을 전해 들었을 때 오늘을 잘 보내야겠다는 깨달음을 얻었다. 나는 내일을 미리 걱정하는 마음 때문에 하루를 잘 보내지 못한 적도 많았다. 딸아이에게 부작용이 찾아오면 나는 온통 부작용 생각뿐이었다. 예설이 항암 치료하면서 걱정이 생기면 내 하루는 걱정으로 사로잡혔다. 나는 걱정을 곱씹고 있었다. 글을 쓸 때는 생각을 거듭하는 습관이 도움이 된다. 생각이 확장되면 글감이 풍성해졌다. 하지만 부정적인 생각을 곱씹는 것은 또 다른 부정적인 생각을 낳았다. 헤어 나올 수 없는 덫에 갇힌 것처럼 부정적인 일상이 반복되었다.

백혈병에는 곰팡이가 좋지 않다. 병원에 처음 입원했을 때 나는 침대 손잡이를 포함해서 예설이 물건을 자주 소독 티슈로 닦았다. 나는 쉴 틈이 없었다. 늘 몸이 바빴다. 딸이 집에서 생활할 때는 화장실 청소를 매일 했다. 방문 손잡이도 자주 소독 티슈로 닦았다. 예설이 장난감도 소독 티슈로 사용하기 전에 꼭 닦았다. 나의 무리한 청소는 9개월간 이어졌다. 딸의 백혈병 유지 치료를 시작하면서 매일 하던 청소가 며칠에 한 번으로 서서히 바뀌었다. 청소의 문제가 아니었다. 청소를 대하는 나의 태도가 문제였다. 한 가지에 너무 치우치는 나의 태도가 문제였다.

지난 내 삶을 돌아봤다. 한 가지에 끝장을 보려는 내 성격 때문에 특히 남편이 가장 힘들었겠다는 생각이 들었다. 예설이가 항암 치료하면서 내가 배운 것이 있다면 '적당히'를 실천하는 태도이다. 청소에 끝장을 보면 딸아이의 먹거리에 신경을 덜 쓰게 되는 것처럼 무언가에 너무 집중하면 다른 한 가지는 손해가 생겼다. 무엇보다 나는 삶의 균형이 중요함을 느꼈다. 나는 일상의 균형을 맞춰 가고 싶었다. 지나치게 한쪽으로 치우치는 태도를 노력해서 바꾸고 싶었다.

예설이 간병하면서 보호자인 내 태도를 돌이켜 볼 수 있었던 것도 혼자서 보내는 여유 시간을 가지면서부터였다. 예설이가 백혈병 유지 치료를 시작하면서 병원보다 집에 있는 시간이 자연스럽게 많아졌고, 방해받지 않는 나만의 시간이 생겼다. 그 시간 덕분에 종이 위에 일상을 기록하고 나의 하루를 점검했다. 혼자 생각할 여유 시간이 나의 하루를 돌아볼 수 있게 해 주었다. 하루의 균형을 맞춰 갈 수 있었다. 한쪽으로 치우치는 태도 역시 느슨한 시간 속에서 발견하고, 다시 만들어 갈 수 있는 힘이 생겼다.

3

지금 알고 있는 걸 그때도 알았더라면

예설이는 어린이집에 아직 다니지 않는다. 소아 백혈병을 치료하는 또래 예나와 유나는 유치원에 다시 다닌다. 아이들의 소아암 치료로 엄마들은 병원에서 처음 만났다. 딸아이가 집중 치료할 때만 해도 어제도 내일도 아닌 오늘 하루가 나에게 가장 중요한 날이었다. 예설이가 아프기 전의 나는 미래지향적이었다. 딸아이가 백혈병 진단받으면서 예설이와 함께하는 시간이 무엇보다 더 중요해졌다. 예나 엄마는 내가 중요하게 생각하는 오늘을 사는 사람이었다. 예나의 항암 치료에 집중하기 위해 예나 엄마는 직장에 1년 휴직계를 냈다. 직장에 복직해서도 시간이 나면 늘 예나와 함께 외출하면서 시간을 보냈다. 나들이를 좋아하는 가족이었다.

어느 날씨 좋은 2023년 10월이었다. 예설이, 예나, 유나와 함께 황산공원에서 신나게 놀았다. 아이들과 엄마들은 함께 뛰어놀고 황산공원 근처 식당에서 밥을 먹었다. 밥 먹으면서 이야기를 나누는데 예나 엄마가 뜻밖의 말을 했다. 예나 엄마는 내 인스타그램에 남긴 책 리뷰를 볼 때마다 예설이 엄마처럼 미래를 위해 책도 보고 공부해야겠다는 생각이 들었다고 했다. 나는 예나 엄마에게 오늘에 집중하는 법을 많이 배웠는데 예나 엄마도 나에게서 배울 점을 찾는 모습을 보고 놀랐다.

딸아이의 집중 치료 기간이 끝나고 유지 치료가 시작되면서 오늘이 가장 중요하다는 내 생각이 조금씩 바뀌었다. 물론 오늘이 가장 중요하지만, 오늘만 살기보다는 내일을 위한 준비도 조금은 필요하다는 생각이 들었다. 가족들의 건강을 위한 공부와 나의 일에 대해서도 생각하는 시간을 가졌다. 소아암 보호자로서 해야 할 역할을 충실히 해내며 삶의 균형이 깨지지 않게 의식적으로 노력해야 했다. 약간의 시간을 내어 미래를 위한 공부를 해 보니 예설이 항암 치료에만 집중할 때보다 삶의 균형이 생기는 것 같았다.

병원에 있으면 죽음을 자주 떠올리게 됐다. 죽음은 두려운 동시에 오늘을 어떻게 살아야 하는지를 생각하게 했다. 딸이 소아암 치료 종결할 때까지 어디 아프다고 하면 나는 걱정할 테지만 조급한 마음보다는 평온한 마음을 가질 수 있었으면 좋겠다. 매 순간 초조하고 걱정하는 마음보다는 차분하게 상황을 받아들이는 마음이 나에게 있었으면 좋겠다.

40대가 된 나의 삶을 돌아봤다. 10대는 친구들과 놀았다. 20대는 공부와 자기 계발을 했고 일 배우는 시간이 대부분이었다. 30대는 육아와 일을 병행했다. 10년 넘게 꾸준히 해 온 일 중에서 가장 즐거운 일은 책을 읽는 것이었다. 책 덕분에 나는 글을 쓰기 시작했다. 나이를 먹으면서 점점 노는 시간이 줄어들었다. 직장에서 필요한 공부를 했고, 아이들을 돌봤다. 나는 신나게 노는 시간이 그리웠다. 예설이가 아프기 전에 시작한 캠핑은 우리 가족에게 신나게 노는 시간이었다. 딸아이의 백혈병 치료하면서 집에서 누리는 소소한 즐거움을 찾았다. 우리 가족은 저녁 시간이 되면 형광등 불을 껐다. 입고 있는 옷에 형광색 불빛을 붙이고 작은 조명을 켜고 신나는 음악을 틀고 춤을 췄다. 춤을 추며 아이들은 마음껏 낄

낄대며 웃고 즐겼다. 우리 가족의 소소한 즐거움을 자주 이어 가곤 했다.

소아암 항암 치료 중 예설이에게도 몇 번의 위기가 찾아왔다. 예설이는 척수강내항암을 하고 나면 유독 힘들어했다. 마취가 덜 깬 상태에서 눈의 초점도 완전히 돌아오지 않았을 때의 예설이 모습을 지켜볼 때면 항상 내 마음이 힘들었다. 예설이를 꼭 지켜 주겠다고 다짐했던 마음이 생각났다. 나는 딸아이가 불편한 곳은 없는지 살폈다. 예설이가 간지럽다거나 불편한 곳을 말하면 마치 의사가 된 것처럼 반응을 꼼꼼하게 살피고, 필요하면 간호사 선생님과 의사 선생님께 물었다. 평상시에는 평정심이라는 게 있었지만 예설이가 아프면 내 걱정은 하늘을 치솟았다. 소아암 환우인 예나는 유치원에서 아데노 바이러스에 걸렸던 적이 있었다. 만약에 예설이가 어린이집에 다니면서 바이러스에 감염되어 아팠다면 나는 어땠을지 생각해 봤다. 딸아이의 집중 치료 때보다 유지 치료하면서 나의 걱정과 조급함은 확실히 줄어들었다. 이유를 생각해 봤다. 킴벌리 커버거의 시가 생각났다.

"더 많이 놀고, 덜 초조해했으리라. 사랑에 더 열중하고 그 결말에 대해선 덜 걱정했으리라."

딸아이의 소아 백혈병 치료는 여전히 진행 중이다. 집중 치료할 때 나는 서툴고 잘 몰라서 모든 것이 힘들다고만 생각했다. 유지 치료가 시작되면서 예설이와 함께 걸어온 치료 과정을 돌아보는 여유도 생겼다. 우리 가족이 걸어온 발자국을 이어 볼 수 있었다. 돌이켜 보면 예설이 항암 치료가 힘들고 아플 때도 있었지만 행복한 순간도 많았다. 짧게 느끼는 행복도 행복이었다. 항암 치료로 하루가 바쁘게 돌아갈 때는 예설이가 나에게 웃어 주는 단 1분도 고마웠다. 앞으로도 예설이가 엄마를 보고 웃어 주고, 엄마를 꼭 안아 주고, 일과를 마무리할 때 이야기 나누고, 나와 두 손을 꼭 잡아 주었으면 좋겠다. 나는 행복의 순간을 알아차리고, 걱정보다는 순간순간의 행복함을 느꼈으면 좋겠다. 딸아이의 백혈병 유지 치료에서 느꼈던 여유로움을 소아암 집중 치료에서도 느꼈더라면 얼마나 좋았을까 생각해 봤다. 지금 알고 있던 것을 그때도 알았더라면 덜 방황했을 테니까.

4

희망은 오는 것이 아니라 품는 것

소아 백혈병 치료한 지 1년쯤 지났을 때 예설이는 또래 아이들이 다니는 발레 수업에 다니기 시작했다. 첫째 예빈이가 어릴 때 2년 동안 다녔던 곳이었다. 딸아이는 매주 토요일을 기다렸다. 분홍색, 파란색 발레복을 번갈아 가며 입고 친구들과 발레 동작을 신나게 따라 했다. 집과 병원에서만 생활했던 예설이에게는 또래 친구들을 만나는 시간은 행복한 시간이었다. 발레 첫날, 친구들과 함께 발레 동작을 따라 하는 딸을 나는 지켜봤다. 예설이는 잘 안되는 발레 동작도 애를 쓰면서 따라 했다. 딸아이는 발레 수업한 그다음 날까지도 피곤해했다. 그래도 늘 토요일을 기다렸다.

발레한 지 한 달쯤 되었을 때 딸의 몸도 조금씩 적응해 가고 있었다. 발레 수업 시작 전에 선생님은 아이들 모두에게 세 가지 스트레칭을 30초씩 해 주셨다. 나는 집에서도 할 수 있는 두 가지 발레 스트레칭 동작을 선생님 옆에서 배웠다. 1년 넘게 운동하지 못해서 예설이 몸이 굳었다고 생각했는데 선생님은 예설이 몸이 유연하다고 하셨다. 딸은 일주일에 한 번씩 또래 친구들과 만나면서 일상으로 돌아가는 연습을 하고 있었다.

항암 치료 초기에 예설이는 병원 침대에서 나가려고 하지 않았기 때문에 걷기 운동은 시키지 못했다. 멀쩡한 발톱을 두 번이나 뽑은 이후로 감염으로 인한 위기 상황을 만들지 않는 것이 나에게는 중요했다. 운동은 뒷순위로 밀려났다. 예설이 다리 근육을 회복하는 데 수개월이 걸려 예설이도 엄마, 아빠도 고생했다. 몇 개월 동안 다리 재활 운동을 했는데 어느 날 예설이가 두 발로 집 현관문에서부터 안방까지 천천히 뛰어간 적이 있었다. 나는 너무 기뻐서 예설이에게 한 번 더 뛰어 달라고 부탁한 후, 동영상을 찍었다. 나는 〈달려라 하니〉를 배경 음악으로 설정해서 인스타그램에 피드로 남겼다. 혼자만 보기 아까워 가족들에게 기쁜 소식을 알렸다.

우리 가족의 목표는 딸아이가 아프기 전 평범했던 일상으로 돌아가는 것이다. 어린이집에서 친구들과 신나게 뛰어놀고, 여덟 살이 되면 첫째 예빈이와 함께 손잡고 초등학교에 다니길 바란다. 중학교, 고등학교, 대학교 생활도 해 보고 직장도 갖고 결혼도 하고 자식도 낳아서 행복하게 살기를 바란다. 예설이는 일상으로 돌아가는 연습을 꾸준히 하고 있다. 예설이의 항암 치료 기간은 2년에서 최대 3년, 암 진단으로부터 완전히 자유로워질 수 있는 기간은 5년 후이다. 그 이후부터는 암 재발 방지를 위해 가족들의 노력이 필요하다. 건강한 음식을 챙겨 먹고 운동을 해야 한다. 걱정하기 시작하면 끝이 없다. 건강을 챙기는 일은 스트레스가 아니라 자연스러운 일이 되어야 한다.

나는 예설이와 저녁에 잠들기 전에 대화하는 시간을 매일 가졌다. 예전에는 교대 근무로 인해 4일 중에 하루는 야간에 출근해야 해서 잘 때 예설이 곁에 있어 주지 못했다. 하루 중에 가장 행복한 순간을 꼽으라면 잠자기 전 파란색 조명 불빛 아래서 예설이와 나누는 대화였다. 대화를 나누고 예설이를 재운 뒤 예설이 얼굴을 한참을 바라봤다. 바라볼 수 있다는 것이 얼마나 행복한 일인지 나는 안다. 친정엄마가 내 곁을 떠난 지 30년이 다 되어 간다. 세월이 흘러갈수록 생생했던 엄마와의 추억도 희미해져 갔다. 눈으로 볼 수 있다는 것이 얼마나 행복한 일인지 나는 잘 알고 있다.

우리 가족은 집에서 시간 보내는 것을 좋아한다. 예설이와 집이 아닌 밖에서 경험하는 시간을 가지려고 의식적으로 노력한다. 주로 교대 부서에서 일하는 남편이 낮에 예설이와 함께 데이트했다. 10월에는 동래읍성 역사 축제에 다 같이 다녀왔다. 예설이는 3시간 외출했으면 휴식도 충분히 했다. 외출하는 날이면 온 가족이 낮잠을 잤다. 외출 시간과 집에서 휴식하는 시간의 균형을 맞춰 갔다. 집에서만 있으면 밖에서 할 수 있는 경험을 할 수가 없다. 피검사 수치가 낮아서 조심해야 할 때는 어쩔 수 없이 집에서 보냈지만 딸의 컨디션이 좋은 날은 박물관, 미술관, 아쿠아리움에도 데려갔다. 건강을 챙기면서 일상을 이어 갔다.

내가 오래전부터 다니는 단골 미용실 원장님의 아들은 초등학교 6학년이다. 원도는 축구를 시작했다. 열세 살인 원도는 자신이 다른 아이들보다 축구를 늦게 시작했다는 것을 알고 있었다. 원도는 축구 실력을 향상하기 위해서 운동 시간을 늘렸다. 운동을 마치고 저녁 늦게 집으로 돌아오면 원도는 녹초가 되었다. 축구는 계속하고 싶었지만, 다른 아이들보다 늦게 시작한 축구를 계속해야 할지 원도는 고민하고 있었다. 끝까지 노력해서 축구선수로 성공할지, 아니면 지금의 삶에 만족하면서 학교를 다니며 평범하게 살 것인지 고민했다. 이 두 가지 선택지를 두고 열세 살 원도는 아직 결정을 내리지 못했다. 자신이 선택한 축구를 끝까지 하기 위해서 자신만의 해답을 찾는 중이었다.

원도는 축구 연습을 빼먹지 않고 최선을 다했다. 축구를 시작하면서 엄마와 대화하는 시간도 늘었다. 축구와 관련된 이야기가 엄마와 함께 있을 때 자연스럽게 매일 이어졌다. 미용실 원장님이 손님인 나에게 아들의 축구 이야기를 할 때 표정이 밝아지는 것처럼 나도 예설이의 백혈병 치료 이야기를 다른 사람들에게 할 때 밝은 표정이었으면 좋겠다. 축구에 대한 고민은 있지만 축구 연습을 게을리하지 않는 원도처럼 우리 가족도 예설이의 백혈병을 치료하며 힘겹지만 지켜야 하는 원칙들을 잘 지켜 내야겠다고 다짐했다. 축구선수 원도는 희망은 올 때까지 기다리는 게 아니라 가슴에 품고 앞으로 나아가며 실천할 때 결실을 본다는 것을 내게 가르쳐 주었다.

5

소아암 정책토론회 다녀오다

『은찬이의 연주는 끝나지 않았습니다』 책을 다 읽고 내 생각을 정리하고 싶어 새벽에 혼자 글을 썼다. 침대 위에 누워서 내 어머님과 책의 저자 은찬이 어머니를 생각했다. 어머님은 며느리인 나에게 늘 평범하게 살라고 말하셨다. 글도 쓰지 말고 아이들만 잘 키웠으면 좋겠다고 하셨다. 은찬이 어머님은 아들을 떠나보냈지만 소아암 아이들을 위해 킴리아 치료제가 보험에 적용될 수 있도록 도와주셨다.

"나는 앞으로 어떤 삶을 살아가야 할까?"

이 책을 읽고 소아 백혈병과 관련해서 내가 도울 수 있는 일이 생기면 나는 적극적으로 돕겠다고 다짐했다.

딸아이의 유지 치료 중에 양부대 양 교수님께 연락이 왔다. 지방에서 소아암 치료 중인 보호자를 대표해서 소아암 정책토론회에 참석할 수 있는지 물으셨다. 직장에 알아보고 참석할 수 있다면 가겠다고 단번에 대답했다. 은찬이 어머니께서 쓰신 책 『은찬이의 연주는 끝나지 않았습니다』를 읽고 내 생각을 미리 정리해 두었기 때문에 양 교수님이 물었을 때 바로 대답할 수 있었다. 직장에 알아보니, 자녀의 보호자로서 참여하는 소아암 토론회는 개인적인 일이라 회사와 상관없이 참석 가능하다는 답변을 들었다. 나는 양 교수님께 소아암 정책토론회에 참석할 수 있음을 전하고 참가 준비를 시작했다.

지방에서 치료 중인 소아암 보호자로서 정책토론회에서 어떤 이야기를 해야 할지 고민이 되었다. 일단 소아암과 관련해서 인터넷 기사부터 찾기 시작했다. 읽어야 하는 기사는 프린트해서 읽었다. 기사에 밑줄도 치고 관련된 영상도 찾아봤다. 양산부산대학교병원에서 함께 치료 중인 아이들의 보호자들과도 수시로 전화하면서 정보를 얻었다. 범준이 엄마는 2023년 1월 17일 방영된 PD수첩 〈골든타임, 위기의 소아

청소년과〉를 알려 주었다. 나는 이 영상을 여러 번 시청했다. 소아암 수가의 현실도 알게 되었다.

지방에서 소아암을 치료하는 자녀의 보호자로서 하고 싶은 말을 글로 쓰기 시작했다. 내가 쓴 글을 다시 말로 해 보면서 글을 수정했다. 원고를 늘 가지고 다니면서 틈만 나면 입으로 읽었다. 한 달 동안 집중했다. 하고 싶은 말을 정리하면서 내가 집중한 것은 딱 하나였다. 나의 발언이 소아암 아이들을 향한 관심으로 이어져 소아암 정책이 바뀌는 데 작은 도움이 되기를 바랐다. 그것뿐이었다.

나는 소아암 정책토론회를 준비하면서 어머님께 서울에 가게 되었다고 말씀드렸다. 토론회 당일 예설이를 어머니께 맡기고 서울에 다녀왔다. 양산부산대학교병원에서 소아암 치료 중인 하율이 아버님도 소아암 정책토론회 패널로 함께 참석하셨다. 하율이 아버님은 토론회 시작 전에 언론 인터뷰도 하셨다. 국회 앞에서 하율이의 소아암 치료 과정을 상세하게 말해 주셨다.

소아암 정책토론회에서 양산 외에 다른 지역에서 소아암 환우들을 치료 중인 소아과 의사 선생님들을 만났다. 소아과 의사 선생님들의 발표를 들으면서 모두 양산부산대학교병원 못지않게 한두 명의 소아과 의사 선생님이 버티고 계신다는 것을 알게 되었다. 정책토론회에 참석하기 위해 야간 당직을 서고 바로 오신 의사 선생님도 계셨다. 보건복지부에서 발표한 슬로건처럼 '어디서나 암 걱정 없는 건강한 나라'가 되었으면 좋겠다. 대한민국 어느 지역에서 거주하든 자신의 주거지 근처 병원에서 소아암을 치료할 수 있었으면 좋겠다.

〈소아청소년 암 필수 진료 체계 구축을 위한 정책토론회〉는 보호자인 나의 이야기로 시작되었다. 나는 하고 싶은 말을 종이에 타이핑해서 갔다. 나는 한 달 동안 정리한 문장을 떨리는 목소리로 온 마음을 다해 읽었다. 예설이가 소아암 치료하면서 목격한 두 아이의 응급 상황을 소개했다. 응급 상황이 발생했을 때 서울에서 치료받는 환자든 상관없이 모두 주거지 근처 소아 응급실에서 치료받을 수 있었으면 좋겠다고 말했다. 이어서 정리한 글을 모두 읽었다. 충남대병원 임 교수님이 내 발언이 끝나자 눈물을 흘리셨다. 임 교수님은 병원에 두고 온 환자가 생각난다고 하셨다. 환자를 생각하는 따뜻한 마음이 나에게도 고스란히 느껴졌다.

이어서 패널들의 토론이 이어졌다. 패널들은 각자 정리해 온 이야기를 해 주셨다. 다양한 의견이 나왔다. 전국에서 소아과 의사 선생님들이 많이 오셨는데 한 분이 소아 청소년과 수가 문제를 언급하셨다. 내가 다녀온 소아암 정책토론회가 어디서나 암 걱정 없는 건강한 나라가 되기 위한 한 걸음이 되기를 바란다.

토론회를 마치고 집으로 돌아가는 기차 안에서 창밖을 바라보는데 눈물이 났다. 나는 집으로 돌아가면 예설이를 볼 수 있었다. 자녀를 볼 수 있다는 감사함과 동시에 최근에 자녀를 소아암으로 떠나보낸 보호자가 떠올라 미안한 마음이 들었다. 죽음이 도대체 뭘까 생각했다. 나는 죽음을 생각하면서 삶에 이르렀다. 남편과 나는 암으로 가족을 잃은 경험이 있기에 우리 부부는 소중한 가족을 다시 잃을까 봐 걱정이 컸다. 하지만 잃는 두려움에 빠져 오늘을 헛되이 보내면 안 되었다. 오늘을 소중히 보내면서 소아암 환우들과 가족들에게 도움이 되는 삶을 이어 가고 싶다. 작은 실천이 계속해서 이어지면 소아암 환우들과 소아청소년과 전문의 선생님들에게 좋은 열매로 맺어질 것이라고 나는 믿는다.

6

양산부산대학교병원 파업을 겪으며

소아암 정책토론회에 참석하기 위해 준비를 하고 있었는데 부산대학교병원 파업이 시작되었다. 파업의 주요 쟁점은 비정규직 고용, 불법 의료 행위 금지, 인력 충원 논의 등이었다. 양산부산대학교 어린이병원 소아청소년과 교수님들은 파업이 시작되고 일주일이 넘어도 타협점이 보이지 않자, 양산부산대학교 어린이병원 직원분들께 호소의 글을 작성하셨다. 소아청소년과 교수님들이 원하는 것은 세 가지였다. 소아암 아이들의 항암 스케줄이 펑크 안 나게 하는 것, 항암하고 집에 간 아이들이 구토하거나 열나는지 걱정하지 않고 병원에서 치료받을 수 있게 하는 것, 이식한 아이들을 무사히 병원에서 돌보면서 퇴원시키는 것이었다. 양산부산대학교병원 소아청소년과 박수은 교수님은 파업 중단을 호소하는 1인시위도 하셨다. 2023년 7월 13일부터 시작된 부산대학교병원 파업은 계속 이어졌다. 연이어 기사들이 나왔다.

"부산대학교 파업... 백혈병 아이 아프면 철렁 남은 의사들 발 동동"
"갈 곳 없는 소아암 환자 항암 치료도 멈췄다"
"엄마, 나 백혈병 치료 못 해? 입원 안 돼 하루걸러 통원"

양산부산대학교병원에서 파업이 시작되고 3일 뒤에 다른 병원으로 아이들이 전원 갔다. 혈액 종양과 양 교수님은 병원 외래 주사실에서 항암 치료받을 방법을 연구하셨다. 아이들의 채혈도 병원 외래에서 할 수 있도록 병원과 협의했다. 소아암 치료 중인 아이들이 전원 가지 않고 파업 중에도 항암 치료를 이어 갈 수 있도록 양 교수님은 방법을 찾으려고 계속 노력하셨다.

파업 전에도 소아청소년과 전문의가 점점 줄어들어 척수 항암, 골수 검사와 같은 치료는 인턴 선생님들이 맡게 되셨다. 전공의 선생님이 하셨던 일을 경험이 적은 인턴 선생님들이 돌아가면서 하게 되어 소아암 치료 중인 아이들의 보호자는 걱정했다.

양산부산대학교병원 파업 기간에 간호사 선생님들의 공백을 메우기 위해서 소아 혈액종양과는 응급시스템으로 돌아갔다. 엄마들이 평소에 걱정했던 인턴 선생님들이 퇴근도 반납하고 소아암 아이들의 치료를 도우셨다. 부산대학교병원 파업으로 속이 타들어 가는 소아암 보호자들에게 인턴 선생님들께서 헌신해 주시는 부분에 대해 양 교수님은 이렇게 말해 주셨다.

"험난한 상황을 짠 하고 해결해 드릴 수 없어도 같이 폭우를 맞으려고 옆에 서 있는 사람들에게 힘 나는 격려, 잠깐의 인내 정도는 부탁드립니다."

외래 소아 혈액종양클리닉과 83병동은 항암 치료하는 아이들이 있었다. 예설이와 치료를 비슷하게 시작했지만 범준이와 주안이는 아직 집중 치료 중이었다. 주안이는 동남권원자력의학원 원자력병원으로 전원하여 항암 치료를 했다. 비급여 약물을 썼던 주안이는 동남권원자력의학원 원자력병원에 입원해 있으면서도 양산부산대학교병원 외래 주사실을 주기적으로 방문해야만 했다. 양산부산대학교병원 외래 주사실에서 비급여 항암 치료하고, 다시 동남권원자력의학원 원자력병원으로 돌아가는 차 안에서 주안이는 속이 계속 안 좋아 이동하는 내내 토했다. 항암 치료 자체만으로도 힘겨웠을 텐데 병원 파업으로 인해 주안이의 몸은 몇 배로 더 힘들어졌다. 보호자와 교수님들은 파업이 빨리 끝나 아이들이 병원에서 정상적으로 항암 치료 받기만을 바랐다.

예설이는 양산부산대학교병원 파업 당시 백혈병 유지 치료 중이었다. 열이 나거나 감기에 걸려서 갑자기 새벽에 응급 상황이 생기면 집 주변에 갈 병원이 없었다. 우리 가족도 파업 기간 딸아이가 갑자기 아프면 어떻게 대처할지 미리 생각해 봤다. 그 어느 때보다 예설이의 컨디션을 잘 관찰하고 살폈다. 외출도 삼갔다.

"저는 오늘도 내일도 이 자리에 있습니다. 여기에서 언젠가 다시 복귀한 아이들과 8층에서 잔소리하며 회진 돌 수 있는 그 날을 기다리며 적은 노력을 하고 있겠습니다. 불안해하지 마시고, 무서워하지 마시고, 작은 내 아이 손을 잡고 씩씩하게 치료 잘 받게 응원해 주세요."

나는 소아 혈액종양과 양 교수님의 따뜻한 말을 되새기며 예설이 컨디션을 잘 관찰하면서 믿고 기다렸다.

양산부산대학교병원에서 소아암 치료하는 아이들의 수는 적게 느껴질 수 있다. 하지만 소아암은 중증 중의 중증 환자이다. 아이들의 사망 1순위 소아암은 치료 시기가 중요한 질환이다. 항암 치료가 지체되어 예후가 좋지 않게 될 경우 돌이킬 수 없는 일이 생길 수 있다. 그 사실을 누구보다 잘 아는 소아암 보호자들은 속이 타들어 가는 상황을 우리 사회가 관심을 가질 수 있도록 할 수 있는 일을 했다. 작은 힘이지만 소아암 아이들이 정상적으로 하루빨리 치료받을 수 있도록 한마음이 되어 노력했다.

2023년 8월 1일 부산대학교병원은 파업 20일 만에 협상이 잠정 타결되었다. 8월 2일부터 양산부산대학교병원은 파업을 중단하고 정상 진료를 했다. 양산부산대학교병원 소아 혈액종양과가 사라질 수도 있다는 사실을 소아암 가족들은 모두 피부로 느꼈다. 지방에서 치료받을 수 있는 권리가 사라지면 소아암 가족들은 수도권으로 가서 치료받아야 했다. 장기간 치료가 필요한 소아 백혈병 치료는 인내가 필요했다. 병원 파업 중에 다른 병원으로 전원 간 아이 중에 다시 양산부산대학교병원으로 돌아온 아이도 있고, 완전히 서울로 전원 가 버린 아이들도 있었다. 20일이라는 시간 동안 치료 시기가 늦어져서 예후가 좋지 않은 아이들이 없었기를 바란다. 이번 파업으로 단결된 소아암 가족들과 소아청소년과 의료진의 한마음을 알 수 있었다. 믿음과 결속력이 더해지면 좋은 결과를 낳는다는 것을 배웠다. 파업과 같은 위기가 만약 다시 찾아온다면 지혜롭게 잘 넘기고 싶은 마음뿐이다.

7

반드시 제자리를 찾을 것이라는 한마디

"모든 것이 반드시 제자리를 찾을 것입니다."

나는 이 말을 100% 믿고 싶었다. 나는 강연과 보디 프로필 촬영을 위해 베델 뷰티아트 바이 성유리에서 메이크업을 받은 적이 있었다. 그곳에서 성유리 원장님을 만났다. 예설이의 백혈병 치료 일기를 보신 성유리 원장님은 SNS 댓글로 응원해 주셨다. 모든 것이 반드시 제자리를 찾을 것이라는 말은 내가 힘들고 주저앉고 싶을 때 나를 일으켜주었다.

나는 첫째 예빈이와 둘째 예설이를 자연분만으로 낳았다. 나의 산부인과 주치의 이재준 원장님은 예설이 안부를 자주 물어보셨다. "예설이는 꼭 완치할 겁니다."라며 응원해 주셨다. 말에는 힘이 있다는 것을 나는 믿는다.

2022년 8월 내 생일날 예설이 목에 멍울을 처음 발견한 지 1년이 훌쩍 지났다. 남편과 예빈이 생일, 예설이 생일 그리고 내 생일도 가족들과 촛불을 켜며 잘 보냈다. 우리는 두 손 모아 예설이의 건강을 위해 기도했다. 매년 생일날이 찾아오면 예설이가 소아암 항암 치료받았던 시간을 떠올릴 것이다. 힘들고 아픈 날도 시간이 지나면 서서히 잊혀 갈 것이다. 모든 시작 뒤에는 끝이 있을 테니까.

예설이 항암 치료하면서 우리 가족들도 시간을 내서 각자 아프거나 불편한 곳이 있으면 병원에 가 치료를 했다. 평소 발목이 좋지 않은 남편은 발목 치료를 위해 병원을 주기적으로 방문했다. 남편은 잇몸 치료도 필요해서 치과에도 다녔다. 나도 갑상선처럼 추적 관찰이 필요한 질병은 주기적으로 병원에 가서 검진해야 했다. 나는 허리디스크 탈출증으로 인해 예전처럼 다양한 운동을 하지 못하게 되었다. 허리가 아픈 이후로, 내 삶의 질이 확 떨어지는 것을 몸으로 느꼈다. 지구대에 출근해서 일할 때도 높낮이 조절이 되는 책상을 사용한다. 1시간 앉아서 일했으면 그다음 1시간은 서서 일했다.

특수 건강 검진하러 갈 때면 의사 선생님은 야간 근무를 하면 2급 발암 물질에 노출되고, 여성의 경우 유방암에 걸릴 확률이 높아질 거라는 말을 해 주셨다. 경찰이라는 직업은 야간 근무 하는 부서가 많다. 건강을 위해서 주간 근무하는 곳에서 일하는 것이 가장 좋겠지만 예설이가 항암 치료 중이라 보호자 한 명은 야간 근무를 해야 어린이집에 가지 않는 예설이를 낮에 돌 볼 수 있었다. 야간 근무가 잦은 남편의 건강이 걱정되었다. 어머니께서 일주일에 한두 번은 집에 오셔서 예설이를 봐주셔야 맞벌이 부부인 우리 집이 돌아갔다. 우리 가족은 건강에 이상 신호가 오면 즉각 병원에 갔다. 몸이 아프면 빨리 치료해야 예설이를 돌볼 수 있기 때문이다. 예설이 항암 치료와 함께 가족 모두의 건강을 지키기 위해서 아프면 즉각적으로 원인을 찾고 치료했다.

외래 진료가 있는 날이었다. 남편과 나는 한 주 뒤에 예설이 척수 항암 할 때 병원에 같이 가기 위해 휴가를 내야 했기 때문에 어머님께서 예설이와 함께 병원에 다녀오셨다. 어머님은 진료실에서 산소호흡기를 착용한 채 진료 대기 중인 환우를 보셨다. 어머님께서는 오래전에 딸이 소아암 치료받았던 때가 생각나셨다고 했다. 어머님은 진료실에서 임 교수님께 소아 백혈병 재발에 관해 물으셨다. 임 교수님은 아이마다 상황이 다르지만, 최선을 다해서 치료하겠다고 하셨다. 어머님께서 무엇을 걱정하시는지 나는 알고 있었다.

우리 가족은 예설이가 매일 사랑받고, 많이 웃고, 신나게 놀면서 치료받을 수 있도록 돕는다. 딸아이가 아프지만 일상에서 느끼는 기쁨과 행복을 더 많이 누리고 느낄 수 있었으면 좋겠다.

2023년 10월 21일 제78주년 경찰의 날이었다. 나는 새벽에 경찰 동료들과 온라인 독서 토론을 했다. 2019년부터 시작한 경찰 동료들과의 독서 모임은 올해 4년째 이어 가고 있었다. 원 선배님이 뇌출혈로 쓰러지시면서 독서 모임을 잠깐 쉬었고, 예설이가 백혈병 진단받으면서 독서 모임을 한 번 더 쉬었다. 2023년 2월부터 다시 시작한 독서 모임 덕분에 나는 딸의 치료와 책 읽기를 이어 갈 수 있었다. 예설이의 백혈병 치료는 내 몸보다 마음이 힘들 때가 많았다. 독서 모임은 매달 내가 읽을 것을 제공했고, 남는 시간을 걱정에 매달려 있기보다 효과적으로 사용할 수 있게 해 주었다. 류시화 시인의 『지구별 여행자』를 읽으면서 와닿은 문장이 있었다.

"당신의 삶을 물질이 아니라 노래로 채우도록 하시오."

우리가 직장에서 일하는 이유는 돈을 벌기 위해서다. 가족들과 맛있는 것도 먹고 가 보고 싶은 곳도 가고, 읽고 싶은 책도 사기 위해서 돈을 번다. 인생의 목적에 돈만 있다면 어떨까? 『지구별 여행자』 책에서 읽은 위 문장을 곱씹어 보면서 노래로 채우는 것이 무슨 말인지 생각해 봤다. 우리 가족은 최근에 밤이 되면 집안에 모든 불을 끄고 형광색 불빛과 랜턴 조명만 켠 채 신나는 음악에 몸을 맡겨 춤을 췄다. 주로 남편과 예빈이 예설이가 춤을 추면 나는 영상을 찍거나 앉아서 지켜보면서 낄낄낄 웃었다. 남편은 형광 불빛을 옷에 붙일 수 있는 플라스틱 재료를 구매했다. 일과 육아, 백혈병 치료도 중요하지만, 어쩌면 모든 것을 잊고 춤을 추면서 가족들과 즐겁게 웃고 떠드는 시간이 노래로 채우는 시간이 아닐까 생각했다.

나는 예설이가 식탁에 앉아서 먹거나 놀 때 케모포트 부위가 식탁에 닿으면 신경이 쓰였다. 그럴 때마다 나는 예설이에게 조금 떨어져 앉으라고 말했다. 발레 수업할 때도 혹시 아이들과 놀다가 중심정맥관 부위를 눌리거나 부딪칠까 봐 걱정되어 선생님께 조심해 달라고 부탁했다. 어린이집으로 돌아가게 되면 케모포트 부위가 가장 걱정된다. 하지만 나의 걱정은 현실이 될 가능성이 적다. 예설이는 케모포트 부위를 잘 지키면서 지금도 일상을 무사히 보내고 있기 때문이다. 시간이 흘러 소아 백혈병 치료를 종결하고 1박 2일 입원해서 케모포트를 제거할 날이 올 것이라고 나는 믿는다. 모든 것은 한 번에 하나씩 제자리를 찾아가고 있었다. 소아 백혈병 항암 치료를 하면서 얻은 좋은 습관은 평생 이어 가고 좋지 않은 습관은 버리자. 모든 것이 제 자리를 찾을 때까지 노력하자.

8

세상에서 가장 큰 선물, 오늘

"나에게 수십억 원이 있다면 행복할까?"

"나에게 돈은 많이 없어도 오늘을 선물 받을 수 있다면 행복할까?"

돈과 바꿀 수 없는 가치들이 있다. 죽음을 떠올리면 삶에 중요한 것들이 떠오른다. 나에게는 사랑하는 사람들의 얼굴을 보고 함께하는 시간이 중요했다. 살다 보면 서로 바쁘다는 이유로 얼굴 보고 함께하는 시간을 충분히 가지지 못한 때가 많았다. 딸이 소아 백혈병 항암 치료할 때 가족들과 주변 지인들을 잘 챙기지 못했다. 암이라는 병이 딸을 찾아왔을 때 우리 가족의 삶은 멈추었다. 이전의 삶을 똑같이 살 수는 없었다. 예설이 치료에 전념해야 했다. 느리게 흘러가는 딸아이의 항암 치료 시간 속에서 배운 것이 있다.

"버틸 거야! 견딜 거야! 괜찮을 거야!"

"너의 눈물의 기도 잊지 않고 있으니 나는 열심히 이루리라!"

"내일 죽을 것처럼 살고, 영원히 살 것처럼 배워라!"

"온 우주가 너를 지켜 줄 거야."

위 문장들은 소아암 치료 중인 보호자들의 카톡 프로필 문구다. 나는 소아암 가족들의 카톡 프로필 문구를 자주 읽는다. 카톡 프로필을 보면 그 사람의 생각을 읽을 수 있다. 자녀의 곁에서 누구보다 마음이 단단해진 엄마들이다. 소아암 보호자들에게 배우고 깨달은 것이 많다. 소아암 보호자들 덕분에 우리 가족도 하고 싶은 것, 먹고 싶은 것, 가 보고 싶은 것이 생기면 미루지 않는다. 우리 가족에게 오늘이 무엇보다 중요하다.

20년 전부터 알고 지내던 동생이 있다. 영하는 경찰 공부하다가 중간에 진로를 바꿔 부사관으로 군에 입대했다. 군 특성상 한곳에 머물지 못하고 다른 지역으로 늘 이동해야 했다. 영하는 결국 군에서 나와 여러 가지 일을 했다. 갑작스러운 아버지의 교통사고로 영하가 챙겨야 하는 집안일이 많아졌다. 영하는 오뚝이처럼 다시 일어났다. 최근에 영하는 누군가 자신에게 던진 질문을 곱씹고 있었다.

"심영하 씨가 2023년 낸 성과는 무엇이죠?"

영하는 사업하면서 얻은 좋은 결과물만 성과라고 생각했다. 실패한 것은 성과라고 생각하지 못했다. 내 생각은 좀 달랐다. 나는 성과에는 실패도 포함된다고 믿었다. 성공한 것 못지않게 실패했다가 다시 성장하게 해 주는 것 역시 나에게는 성과였다. 방황하는 시간 자체는 의미 없는 일로 생각될 수 있겠지만 방황이 좋은 결과물로 연결될 수 있다면 방황 또한 성과에 포함된다고 생각했다.

2022년 한 해는 나에게 방황 그 자체였다. 나는 어지럼증으로 두 달간 출근을 못 했고, 복직하자마자 예설이가 백혈병 진단을 받았다. 직장에는 휴직계를 내고 예설이 치료에 전념했다. 나는 2023년 직장에 복직해 일하면서 예설이 항암 치료 간병도 돕고 있다. 예설이가 열이 나서 병원에 입원해야 하는 상황에는 남편과 번갈아 가며 휴가를 내서 예설이의 입원 치료를 도왔다. 나는 1년 넘게 방황하는 시간을 보내면서 소아암 가정에 도움이 되는 일을 해 보기로 했다. 나는 시간을 내서 이 책을 집필하기 시작했다. 1년의 방황했던 세월도 나에게는 성과였다. 2022년 나의 성과는 방황 그 자체였다. 2023년 나의 성과는 방황에 이은 집필이었다. 2024년에는 집필한 책이 여러 번의 수정을 거쳐 책으로 출간될 것이다. 책 출간이라는 성과 이면에는 방황과 함께 집필하면서 원고를 수정한 충분한 시간이 들어 있다. 이 모든 것이 나에겐 성과였다.

인생을 1막, 2막, 3막으로 나눌 수 있다면 지금의 내 삶은 2막이 아닐까 생각한다. 어른이 되어서 직장을 다니며 결혼도 하고, 자녀도 출산하면서 내 삶의 키워드는 달라졌다. 사람들은 20대의 나를 '열정 글로벌캅'이라고 불렀다. 나는 새벽 4시에 기상해서 강의도 듣고 책도 읽으면서 하루를 일찍 시작했다. 내 삶에는 일이 중요했다. 주말도 없이 일했던 적도 많았다. 30대에는 보디 프로필 촬영을 위해 철저한 저염

식 식단을 하고 많이 운동했다.

인생 2막을 시작하면서 내 삶의 키워드도 점점 바뀌었다. 내 삶에 '자유'보다는 '책임'이라는 단어를 중요시했다. 하고 싶은 일보다 해야 할 일을 해내는 것이 나에게 더 중요해졌다. 직장 생활을 15년 넘게 하면서 20대에 처음 일을 배울 때처럼 일에 나의 모든 시간을 투자할 필요는 없었다. 나이가 들면서 일머리도 같이 생겼다. 하지만 새로운 업무를 맡게 되면 업무에 적응할 시간은 필요했다. 일과 병행하면서 가족을 챙겨야 했다. 나에게는 무엇보다 일과 가정의 균형이 중요했다. 삶의 균형과 더불어 삶의 여유도 필요했다. 하루가 너무 바쁘게 흘러가면 내 중심이 아니라 하루에 나를 맡기는 것 같았다. 바쁠수록 돌아가라는 말처럼 하루에 여유를 가지는 것이 나에게는 그 무엇보다 중요해졌다.

첫 질문으로 다시 돌아가 보자. 나에게는 돈이 중요할까? 아니면 오늘이라는 하루가 중요할까? 나는 나의 마지막이 어떤 모습이면 좋을지 한 번씩 생각해 본다. 내가 좋아하는 작가 피터 드러커는 펜을 손에 쥔 채로 글 쓰다가 세상을 떠났다. 가장 작가다운 모습이었다. 나는 돈이 많은 사람보다 자신이 추구하는 삶을 살다 간 사람이고 싶다. 나는 황 작가, 황 경위, 예빈이 예설이 엄마이다. 오늘 할 일을 오늘 하면서 선물 같은 오늘을 잘 보내고 싶다. 수십억 원이 오늘 없어도 명랑한 마음으로 하루를 잘 보내고 싶다. 나에게 주어진 선물 같은 하루보다 더 중요한 것은 없을 테니까. 내일이 아닌 오늘 행복하자.

평범했던 일상으로

5장

1

내게 가장 소중한 하루

예설이의 백혈병 간호는 집중 치료와 유지 치료로 나뉜다. 나를 포함한 우리 가족들의 일상이 많이 변했다. 9개월 동안 집중 치료할 때 내 삶은 예설이에게 초점이 맞춰져 있었다. 하루를 시작하고 마무리할 때까지 오직 딸아이의 치료에만 전념했다. 딸을 살리는 것만이 내가 사는 유일한 이유였다.

매일 해야 하는 일은 나의 일과로 만들어 습관이 되도록 했다. 예설이에게 부작용이 찾아오면 나는 걱정하느라 마음이 바빴고, 내 몸은 해야 할 일이 많아서 분주했다. 딸아이가 항암 치료를 한 뒤엔 국이 없으면 밥을 잘 먹지 않는 예설이를 위해 미역국부터 끓였다.

나에게 가장 큰 숙제는 요리였다. 나는 어머님처럼 다양한 요리를 맛있게 뚝딱 잘 해내지는 못했다. 나는 여러 번 시행착오를 겪으면서 요리가 늘고 있었다. 항암 치료를 할 때는 잘 먹이는 것이 가장 중요했기 때문에 편의점에서 파는 음식도 딸에게 먹였지만, 서서히 건강에 좋지 않은 나쁜 음식과는 결별해야 했다. 조급한 마음은 도움이 되지 않았다. 하나씩 천천히 실천해야 했다.

딸아이의 유지 치료 때는 병원에 가는 횟수가 예전보다 줄어서 특별한 이벤트가 없으면 한 달에 두 번 외래가 있었다. 주로 병원에서 생활했던 시간이 집에서 생활하는 시간으로 자연스럽게 바뀌었다. 매일 같이 화장실 청소하고 방문마다 손잡이 소독하던 일은 점점 횟수가 줄었다. 한 번씩 다른 환우들의 집에 놀러도 가면서 우리 가족은 여유 시간이 생겼다.

세계적으로 유명한 투자전문가 워런 버핏이 우선순위를 정할 때 활용하는 방법을 나도 실천해 봤다. 버핏은 하고 싶은 것이 있으면 모두 종이에 적으라고 했다. 그다음에는 하고 싶은 것 중에서 우선순위 다섯 가지를 정하라고 했다. 마지막으로 우선순위 다섯 가지 중에서 가장 중요한 한 가지만 선택해서 실천해 보라고 했다. 워런 버핏의 조언대로 나는 종이에 하고 싶은 것을 나열한 후에 우선순위를 매기고 한 가지를 선택했다. 가족의 건강을 챙기는 일이 나의 첫 번째 우선순위였다. 나머지 소망은 시간이 허락하면 자투리 시간을 활용해 보기로 했다.

시간은 모두에게 한정적이다. 딸아이 곁에서 간호하며 나에게 주어진 시간은 더욱더 귀하게 느껴졌다. 선물 같은 하루를 보낼 때 나에게 가장 중요했던 것은 하루를 대하는 태도였다. 나는 하루를 느슨하게 보냈다.

나의 하루를 관찰했다. 바쁘게 보낸 하루와 느슨하게 보낸 하루, 게으르게 보낸 하루에는 만족과 후회에서 차이가 있었다. 바쁘게 보낸 하루와 게으르게 보낸 하루 중간쯤에 있는 하루가 느슨한 하루라고 생각했다. 하루를 보내면서 해야 할 일을 빡빡하게 정하는 루틴은 바쁘게 보내는 하루다. 자고 싶은 만큼 다 자고, 티브이 시청도 많이 하면서 시간이 흘러가는 대로 하루를 보내는 것은 게으르게 보낸 하루였다. 나의 하루는 너무 빡빡하지도 않고, 너무 게으르지도 않게 느슨하게 보내고 싶었다. 나는 많이 웃고 즐겁게 보내는 하루를 원했다.

최근에 나는 감사일지를 다시 쓰기 시작했다. 아침 시간에 감사한 것을 쓰기 위해서는 하루를 어떻게 보냈는지 생각해야 했다. 하루 10분이지만 감사일지를 쓰는 시간을 통해서 나는 하루를 돌아보며 웃고 있었다. 감사일지를 못 쓴 날은 다음 날 쓰면 되었다. 나의 하루는 소중하기에 감사일지를 못 썼다고 스트레스받지 않는 것이 중요했다.

딸을 간호하면서 보호자인 나의 하루는 예전과 많이 달라졌다. 하루 중에 해야 할 일이 너무 많으면 마음이 조급해져 짜증이 올라오기도 했다. 평온한 마음을 벗어나 힘들고 지친다는 생각이 들 때면 다시는 오지 않을 오늘을 생각하며 평상심을 찾으려고 노력했다. 그것도 잘 안되면, 내 곁에 있는 예설이를 보고 있으면 모든 어려움을 이겨 낼 수 있을 것만 같았다. 그 무엇보다 딸과 함께하는 시간이 나에게는 가장 소중했다. 내 마음이 방황하고 있을 때 나는 예설이를 생각하며 나의 하루를 회복하였다.

2

땀 흘리는 만큼 맑아진다

나는 예설이를 간호하다가 허리디스크가 터져서 일주일에 세 번씩 허리 재활 운동을 해야 했다. 도수 치료를 하면서 재활센터에서 배운 동작을 매일 집에서 연습했다. 누워서 하는 다리 스트레칭부터 서서 하는 몇 가지 동작 그리고 스쿼트를 했다. 정선근 교수의 『백년운동』 책에서 추천하는 맨몸 근력 운동 4종 세트 요통편(뒤꿈치 들기, 스쿼트, 팔굽혀펴기, 턱걸이)도 따라 했다. 나는 턱걸이 대신 가정용 철봉에 매달려서 다리를 구부려 복부에 닿는 운동(행잉레그레이즈)으로 대체했다. 네 가지 근력 운동이 적응되자 남편의 추천으로 초보자를 위한 인터벌 달리기를 시작했다. 러닝머신 위에서 같은 속도로 걷기만 할 때보다 몸의 변화가 느껴졌다. 하루 30분씩 일주일에 다섯 번 인터벌 달리기를 해 보니 발목과 허리가 아팠다. 일주일에 두세 번 정도가 딱 좋았다.

땀이 나면 내 기분도 좋아졌다. 운동을 게을리하는 날에는 생각이 많았다. 내가 생각하기를 좋아하는 사람이지만 내 아이가 아플 때 하는 생각은 주로 부정적인 생각이었다. 나는 운동으로 땀을 배출할 때 복잡한 내 생각도 같이 비워지는 느낌이 들었다. 어수선한 마음을 내려놓기 위해서라도 헬스장으로 가서 달리고 나면 기분이 나아졌다. 복잡한 생각도 어느 정도는 비워진 것 같았다.

헬스장에서 달리면서 〈독서의 달인이 말하는 인생을 바꾼 독서법 싹 정리해 드립니다〉라는 제목의 유튜브 영상을 시청했다. 생물학자인 최재천 교수님의 강연이 집에 와서도 계속 생각났다. 최재천 교수님은 다양한 동물을 연구한 노력을 인정받아 전 세계 연구진이 참여한 『동물행동학 백과사전』 개정판의 총괄 편집장을 맡으신 분이었다. 나는 교수님의 이야기를 통해서 한 가지가 아닌 다양한 분야에 대한 시선을 생각해 볼 수 있었다.

나는 천안 아산으로 위기 협상 교육을 다녀온 후에 허리 통증이 있어 신경 주사를 맞고 일주일 동안 운동을 쉬었다. 운동을 멈춰 보니 내 몸과 정신은 운동할 때 더 활기찼다는 사실을 알게 되었다. 자투리 시간이었지만 책 보는 시간, 요리하는 시간, 아이들과 함께 보내는 시간도 줄었다. 왜 운동하는 날과 그렇지 않은 날의 하루는 다른 것일까? 생각해 보니, 운동하지 않는 날은 피곤하다며 누워 있는 시간이 많았다. 자연스럽게 아침에 늦잠 자는 날의 연속이었다. 채소 과일식 식단을 지키지 않는 날도 생기면서 밤마다 야식을 찾았다. 점점 내가 원치 않는 방향으로 하루가 흘러갔다. 내 몸은 점점 게을러지면서 살이 붙었다.

운동 시간은 나 혼자만의 시간이었다. 나는 예설이가 자는 아침 시간에 주로 글을 쓰고 책을 읽었는데 체력이 있어야 글도 쓰고 책도 집중해서 읽을 수 있었다. 예설이와 온종일 붙어 있다고 해서 모든 시간을 잘 보내는 것은 아니었다. 딸아이와 함께 있으면서도 집안일을 하는 시간, 티브이를 시청하는 시간도 있었다. 운동하는 날은 집중력도 좋아졌다. 사무실에서 일할 때도 빠짝 집중해서 일했고, 집에 와서도 딸들에게 책을 읽어 주고 함께 보낼 체력이 남아 있었다. 확실히 피곤하다며 누워 있는 시간이 줄었고 저녁 7시가 되면 체력이 고갈되는 느낌은 점점 사라졌다. 아침에 일찍 일어나야 아침 운동을 할 수 있었기 때문에 운동은 일찍 자고 일찍 일어나는 습관 형성에도 영향을 주었다.

첫째 예빈이가 초등학교 1학년 때 가족을 소개하는 그림을 그린 적이 있었다. 엄마 그림 옆에 "책 읽는 우리 엄마"라고 큰딸은 소개했다. 큰딸에게 엄마의 책 읽는 모습을 10년 넘게 보여 주면서 얻은 것은 딸의 책 읽는 습관이었다. 운동 역시 말보다 행동으로 보여 주고 싶어 나부터 운동하자는 마음으로 시작했었다. 엄마가 운동하러 가는 모습과 집에서도 운동하는 모습을 보여 주자 두 딸도 운동은 매일 하는 것이라는 인식이 생기기 시작했다. 첫째 예빈이는 수영하러 다니고 둘째 예설이는 주말에 발레하러 간다. 남편도 운동을 시작하면 우리 가족 모두 운동하게 된다. 가족 모두 집에 있는 날은 집 주변을 걸으면서 산책했다. 산책과 땀나는 운동을 병행하면서 우리 가족은 건강을 챙긴다.

3

좋아하는 마음이 있다는 기쁨

예설이가 항암 치료를 받은 지 1년이 넘어가면서 우리 가족은 혼자 보내는 시간을 가지기 시작했다. 남편의 생일날, 남편은 혼자서 영화를 보고 왔다. 첫째 딸 예빈이도 할머니 집에서 자고 오거나 친구 집에 가서 놀고 왔다. 나는 화창한 봄날 서울로 교육을 다녀오면서 혼자만의 시간을 가졌다. 서로의 시간을 보내며 재충전하는 시간은 매일 반복되는 일상에 활기를 주었다.

나는 예설이가 치료하면서 내가 하고 싶은 일은 절제하며 살았다. 엄마니까 당연히 그래야만 했다. 남편의 하루도 가정과 일터뿐이었다. 딸아이의 항암 치료가 계속될수록 백혈병 치료의 끝은 3년이 아니라 평생이라는 생각이 들었다. 백혈병이라는 치료 기간만 생각할 것이 아니라 앞으로 이어질 예설이의 삶에 다양한 일들이 찾아올 것이라는 믿음이 생겼다. 지금보다 더 크고 넓게 삶을 그려보니 지금 힘든 건 시간이 지나면 모두 지나갈 거라는 확신이 들었다. 나는 가족들의 건강을 챙기며 내가 좋아하는 일 한 가지는 할 수 있겠다는 결론에 이르렀다. 마음을 먹으니 길이 생겼다.

오래전 내가 들었던 강의에서 필기해 둔 문장을 발견했다.

"Decide what you want, carry a goal card in your pocket. Study one hour a day, you'll change tremendously."

원하는 것을 결정하라. 목표 카드에 원하는 것을 기록하고 호주머니에 카드를 들고 다녀라.

하루에 1시간씩 공부하라. 너는 완전히 다른 사람이 되어 있을 것이다.

나는 한 시간이라도 공부하면 다른 사람으로 변할 수 있는

지 실천해 보고 싶었다. 내가 좋아하고 관심 있는 분야를 정해야 했다. 나는 서울로 교육 다녀온 위기 협상 분야를 택했고, 서울 교육장에서 필기한 노트를 가지고 하루 1시간 공부 목표를 세웠다. 나는 매일 출근해야 했고, 퇴근 후에는 가족 식사를 챙기고, 집 청소를 하고, 아이들을 챙겨야 했기 때문에 출퇴근길 40분을 활용해서 공부를 시작했다. 사무실로 걸어가면서 노트와 펜을 손에 쥐고 배운 것을 다시 듣고, 필기한 노트에 메모도 했다.

내가 혼자서 사용할 수 있는 온전한 시간은 아이들이 자는 아침 시간과 출퇴근 시간이 전부였다. 내가 좋아하는 일을 하는 시간으로 충분했다. 출퇴근길에 위기 협상 공부를 하면서 위기협상팀에서의 내 역할에 대해서도 진지하게 생각해 봤다. 현장에 가기 전에 어떤 마음으로 임해야 하는지, 현장에서는 무엇을 챙기고 어떻게 행동해야 하는지, 위기자와 대화하기 위해 내가 알아야 할 것과 훈련해야 할 것은 무엇인지 나와 대화하는 시간을 가졌다.

하루 1시간 공부가 나에게 어떤 변화를 일으킬지 궁금해서 시작한 공부였다. 3개월간의 위기 협상 교육 복습을 마치고, 나는 지금 쓰고 있는 이 책을 집필하기로 마음먹었다. 우리 가족처럼 생각지도 못하게 소아암 가족이 된 가정에 작은 희망이 되어 주고 싶었다. 이 책이 출간되고 나면 나는 다시 위기 협상 공부를 이어 갈 것이다. 예설이가 아파서 내가 하고 싶은 일을 할 수 없었던 것이 아니었다. 하루 1시간 공부만으로는 부족하다는 나의 편견이었다. 내가 좋아하는 일을 하루에 1시간이라도 할 수 있다는 기쁨은 나의 하루를 에너지 넘치게 북돋웠다.

『인생 수업』이라는 책에서 한 간호사의 이야기를 접했다. 그 간호사는 병원에서 늘 죽음을 가까이했는데 자신의 직업을 탐탁지 않게 여기고 있었다. 그러다 누군가 그 간호사를 신생아실로 데리고 가서 간호사라는 직업의 진정한 의미에 대해 알려 주었다. 간호사는 누군가의 마지막을 함께하는 고귀한 직업이라고 했다. 그 말을 읽는데 경찰이라는 직업도 비슷하다는 생각이 들었다. 경찰은 현장에서 한 사람의 마지막 순간을 함께하기도 했다. 내가 소속된 위기협상팀도 마찬가지였다. 동료들은 사건 현장에서 한 사람의 죽음을 만날 때 힘들어했다. 나도 그 상황과 마주할까 봐 무서웠다. 하지만 『인생 수업』 책에서 읽은 한 간호사의 이야기처럼 나도 누군가의 마지막을 함께하는 사람이라고 생각을 바꾸니 두려움보다 용기를 낼 수 있었다.

우리 가족은 많은 분들에게 여러 가지 도움을 받았다. 나도 소아 백혈병 환우를 도울 기회가 생긴다면 적극적으로 돕고 싶다. 예설이와 가족을 보살피며 내가 좋아하는 일 한 가지는 계속해 나갈 생각이다. 관심과 사랑이 있는 곳에 내 마음이 있다. 잊지 말자. 순간순간 행복감을 느끼자.

4

희망의 중심에 서다

모든 것은 관심에서 시작된다. 소아 백혈병이 예설이에게 찾아왔을 때 나는 백혈병에 관해 관심을 가져야만 했다. 1년 넘게 예설이를 간호하며 나는 여전히 답이 없는 질문을 한다.

"백혈병은 예방할 수 없는 것일까?"

나는 의사가 아니다. 소아암을 겪고 있는 자녀의 보호자이다. 매년 1,500명의 아이가 소아암을 진단받고 힘든 항암 치료나 이식 또는 수술을 한다고 생각하면 가슴이 답답해졌다. "나는 무엇을 할 수 있을까?"라는 질문은 꼬리표처럼 나를 따라다녔다. 평소 알고 지내는 소아암 가족들과 인연을 이어가기 위해서 전화로 안부를 묻고, 가족들끼리 만나서 이야기를 나눴다. 한 가족을 알아 가는 시간은 그 가족의 과거, 현재, 미래를 함께 보는 것과도 같았다. 내가 접하지 못했던 세상을 한 가정을 통해 알아 가는 재미가 있었다.

글을 잘 쓰기 위해서는 책을 읽으면 도움이 된다. 소아암 치료 과정도 마찬가지다. 자녀의 항암 치료 과정에서 이벤트와 부작용을 겪을 때마다 아이를 걱정하는 마음이 쌓여 가면서 언젠가 곪아서 터질 것만 같았다. 나는 여러 가지 감정을 배출할 곳이 필요했다. 나는 글쓰기와 독서 그리고 운동으로 불필요한 감정을 배출했다. 감정이 배출된 뒤에는 텅 빈 마음의 공간을 느껴 봤다. 마음속에 생긴 여유 공간에 나는 이 말을 채워 넣었다.

"나는 내가 너무 좋다. 오늘은 왠지 좋은 일이 생길 것 같다."

이 말을 내뱉으면 괜스레 좋은 일이 생겼다. 예설이 키가 14센티미터나 큰 것처럼 좋은 일이 생기면 나는 감사일지에 담았다. 긍정적인 감정을 배출하면 두 배의 좋은 에너지가 나에게 돌아왔다. 하루를 보내며 기분 좋은 에너지를 유지하는 것은 나에게 중요한 일이 되었다. 우리 가족과 세상을 연결해 주는 고리는 바로 좋은 감정이었다.

나의 하루는 가족의 아침 식사를 챙기는 일과 저녁 식사 정리로 마무리되었다. 아침에 일어나면 작은 냄비에 정수 물을 받아서 작두콩 몇 개를 넣어서 끓였다. 압력밥솥에 쌀을 씻고 정수 물을 부어 불려 두고 아침 식사를 준비했다. 가지, 애호박, 버섯, 당근, 양배추, 파프리카를 잘라서 찜기에 채소를 쪘다. 예설이는 채소만, 나머지 가족들은 들기름에 간을 해서 아침으로 먹었다. 남편과 나는 양배추, 브로콜리, 케일, 사과, 구기자 가루, 무설탕 두유와 물을 넣어서 만든 호르몬 주스도 같이 먹었다. 딸들을 위해 채소와 과일도 끼니마다 챙기려고 노력했다. 메뉴가 매일 바뀌지는 않지만, 새로운 식단을 배우고 도전했다. 요리책도 보면서 세상에 관한 관심을 확장하는 중이다. 나의 시선을 넓히고 있다. 모든 것이 새롭다.

소아암 가족들과 SNS로 소통했다. 서울에서 소아 백혈병 치료를 종결한 아이는 가족들과 해외여행을 다녀왔다. 미국 여행기를 읽으며 우리 가족도 예설이가 치료를 마치면 다 같이 여행지에서 시간을 보내고 오면 좋겠다는 생각이 들었다. 소아암 가족들의 일상은 서로에게 좋은 영향력이 되어 주었다.

예설이 가족은 세상의 외곽이 아닌 중심에 있다. 나는 이 사실을 잊지 않으려고 노력한다. 삶이 외롭다고 느낄 때면 우리 가족 주변에 있는 감사한 분들을 떠올려 본다. 소중한 분들에게 예설이가 잘 이겨 내는 소식을 전한다. 주변 사람들과의 소통은 하루를 잘 보내는 데 도움이 되었다. 매일 좋은 일만 생길 수는 없는 법이다. 좋은 일이 생기면 가족들과 기쁨을 배로 나누고 슬픈 일이 생기면 소식을 주변에 알리고 함께 이겨 내야 한다. 행복은 혼자보다 함께할 때 커진다. 반드시 알아야 할 것은 슬픈 일 뒤에는 좋은 일이 찾아온다는 것이다. 희망 역시 여러 사람과 함께 힘을 모을 때 더 큰 희망으로 돌아온다. 나부터 그 희망의 중심에 서 본다. 나의 하루는 나의 중심으로 돌아갈 테니까.

5

다시 일터로

예설이가 다녔던 직장 어린이집에 입학 원서를 넣었다. 어린이집 입학 신청서를 온라인으로 제출할 수도 있었지만 나는 딸아이와 함께 서류를 들고 어린이집에 다녀왔다. 예설이가 태어났을 때 처음으로 한 것들에 대해 의미를 부여했던 것처럼 딸아이가 사회로 돌아가는 길에 경험하는 것마다 나는 의미를 부여했다.

백혈병과 관련해서 내가 알고 있는 것은 딸아이를 간호하며 경험으로 깨우치고 배운 것들이다. 나는 꾸준히 건강 식단을 찾아보고 실천해 본다. 건강과 관련된 책을 읽고 공부하는 엄마로 산다. 딸들에게 좋은 건강 습관을 물려주고 싶다. 나는 딸들에게 채소와 과일을 잘 챙겨 먹고, 일주일에 세 번 이상 땀 흘리며 운동하는 모습을 보여 준다.

남편은 첫째 예빈이가 태어나면서 자진해서 수사 부서에서 지구대로 옮겼다. 지구대에서 주간, 야간 교대 근무한 지 10년째다. 경찰관으로 근무하면서 대부분 야간 근무를 했던 남편은 예설이를 돌보기 위해 교대 부서에 남아 있다. 오래전 일이지만, 남편은 싸이카를 타는 부서에서 근무해 보고 싶어 운전면허 2종 소형을 취득했다. 첫째 예빈이가 태어나면서 남편의 2종 소형 면허는 장롱 면허가 되었다. 지금은 둘째 예설이가 백혈병 투병 중이라 남편의 일상은 집과 지구대뿐이다. 나는 남편이 앞으로 자신이 하고 싶은 일도 적극적으로 도전할 수 있도록 돕고 싶다. 가장의 책임감을 조금은 내려놓고 자신만의 시간을 가졌으면 좋겠다. 나와 남편이 행복해야 우리 가족도 더 행복해질 수 있으니까.

첫째 예빈이는 서른네 가지의 꿈이 있다. 예빈이는 직업 체험을 하면서 몇 가지 직업에 대해 경험해 봤다. 매년 꿈의 우선순위가 바뀌지만 꿈은 계속 꾸고 있다. 꿈이 많은 첫째 딸과 꿈은 있지만 가정이 우선인 남편을 볼 때면 예빈이와 남편의 좋은 점을 반반씩 섞었으면 좋겠다는 생각을 해 본다.

딸아이가 백혈병 진단받은 날이 잊히지 않는다. 나를 둘러싼 세상은 잘 돌아가고 있는데 내 세상만 멈춰져 있는 기분이 들었다. 내 머릿속에는 딸을 살려야만 한다는 생각뿐이었다. 우리 가족에게 왜 이런 일이 일어났는지 궁금했다. 부산에서 양산부산대학교병원을 옆집 드나들 듯이 다니고 있지만, 나는 이미 예전의 일상으로 돌아가고 있었다. 나에게는 돌아갈 곳이 있었다. 경찰 제복을 다시 입을 수 있는 직장이 있었고, 울고 싶을 때마다 같이 울어 줄 가족이 있었다. 곁에 기댈 수 있는 사람이 있다는 사실은 힘든 시간을 버틸 수 있게 해 주었다.

나는 또한 돌아갈 곳을 정했다. 직장에서는 지구대가 나의 일터였다. 위기협상팀에서 활동할 때는 사건 현장이 나의 일터였다. 내가 있을 곳은 나의 과거와 미래를 연결해 줬다. 내 과거를 돌아보고, 미래를 상상해 보면서 내가 현재 있는 곳을 알게 되었다. 내가 있어야 할 곳은 혼자가 아니라 나를 아끼고 사랑하는 사람들 곁이다. 사랑하는 사람들과 생일 파티도 하고, 기념일도 챙기면서 사람답게 살아가고 싶다. 예설이도 소아암을 겪고 있지만, 행복할 권리가 있다. 소아암 치료는 언젠가 마침표를 찍을 것이다. 모든 치료가 끝이 날 때까지 기다리는 것이 아니라 치료하면서 소중한 사람들과 함께 좋은 시간을 보내고, 맛있는 음식을 같이 먹고, 신나게 놀아야 한다. 소아암 가족은 모두 사회로 돌아가야만 한다. 나부터 돌아가자.

6

다르게 볼 수도 있다

예설이 곁에서 간호하며 나는 여러 보호자를 만났다. 보호자마다 성격도, 목소리도, 태도도 모두 달랐다. 하지만 한 가지 공통점이 있었다. 자녀가 치료를 언제 시작했는지에 상관없이 시간이 지날수록 가족들의 마음이 단단해져 갔다는 것이다. 보호자는 자녀의 항암 부작용을 제일 가까이에서 지켜보며 애간장도 많이 태웠다. 나는 예전의 아프기 전 예설이 엄마로 돌아갈 수 없다. 나는 소아암 예설이 엄마로 살아야 한다. 현재의 내 상황을 받아들여야만 했다.

원하는 것을 이루기 위해서는 원하는 모습이 이루어질 때까지 매일 실천해야 한다. 가장 첫 번째로 해야 할 일은 생각이다. 원하는 모습을 갖추기 위해서는 무엇을 하고, 무엇을 하지 않을 것인지 정해야 한다. 우리는 생각과 실천을 반복하면서 원하는 모습으로 점점 가까워질 수 있다. 딸의 간병을 시작할 때는 딸아이의 백혈병 치료 종결만이 나의 목표였다. 내 시야는 좁았다. 마치 계속 병원에서만 생활해야 하는 것처럼 병원 생활에 몰입했다. 딸아이가 병원에서 퇴원하고, 집과 병원을 오가면서 내 시야를 조금 더 넓힐 수 있었다.

새로운 목표로 정한 것은 우리 딸이 외로운 소아암 완치자가 아니라 건강하게 사회로 돌아가는 것이었다. 어린이집으로 건강하게 돌아가기 위해 예설이는 티브이 시청과 다른 일을 병행하지 않는 것부터 연습했다. 다음으로, 가공식품을 서서히 끊는 것을 시도 중이다. 아직 완전히 끊지 못했다. 다음으로 연습 중인 것은 자연식, 건강식 관련 책을 읽고 실천해 보는 것이다. 이 세 가지가 습관으로 굳어지면 다음 세 가지 목표를 정해야 한다. 나는 생각하는 시간이 필요할 것이고, 생각한 것을 실천으로 옮길 시간 또한 마련해야 한다.

나는 예설이에게 건강한 습관을 지니게 해 주고 싶다. 딸아이가 몸에 밴 습관을 지닐 수 있도록 환경을 바꾸는 것이 나의 역할이라고 생각한다. 나는 무엇을 먹을지, 어떤 재료를 어디서 구매할지 찾아보고, 요리하는 시간을 가진다. 건강은 시간이 허락할 때 챙기는 것이 아니다. 하고 싶은 일이 있는 사람일수록 더 잘 먹고, 더 잘 자고 운동해야 한다. 내 마음은 확고해지고 있다. 희망은 건강할 때 더 오래 내 곁에 머문다는 사실을.

인생이라는 게 마음대로 잘되지 않을 때도 많았다. 예설이가 기침을 많이 해서 외래 병원의 기침약 5일분을 처방받아 먹고 있을 때였다. 걱정된 우리 부부는 예설이의 외출을 삼갔다. 누구보다 밖에 나가기 좋아하는 딸아이는 실망이 컸다. 이처럼 하루를 보내며 좋은 일과 나쁜 일은 모두 생길 수 있다. 힘든 상황에서도 힘을 내는 방법은 무엇일까. 나는 사람들을 돕고 배려할 때 운이 상승하고 마음이 커진다고 생각한다. 병원 엘리베이터 문이 닫힐 때, 누군가 뛰어오는 모습을 봤다면 엘리베이터가 출발하지 않게 기다려 주어야 한다. 휠체어를 타고 병원 문을 나오시는 분이 있다면 문을 잡아 주는 배려가 필요하다. 운전할 때 내 앞에 끼어들려는 차가 있다면 욕하지 말고 양보 운전해야 한다. 이처럼 내 마음은 작은 일을 도울 때 커졌다. 쓰레기를 줍거나 청소하는 일처럼 내 운도 작은 일에 정성을 다할 때 상승했다.

나는 마음이 넓은 사람이 될 수 있도록 자주 웃으려고 노력한다. 뭔가 잘 안 풀리는 날도 그냥 웃어 본다. 웃으면 복도 오지만 내 마음도 함께 커졌다. 마음이 커지면 이제까지와 다른 문이 내 앞에 열렸다. 다른 문은 다른 인연과 상황을 연결해 주었다. 웃음이 그 연결 고리였다. 씩 한 번 웃으면서 내 마음의 크기를 키워 본다. 웃자. 씩 한 번 웃는 것으로도 충분하다.

7

글 쓰며 사랑하며

나는 예설이가 겪고 있는 소아 백혈병과 관련하여 책을 집필하기로 마음먹었다. 한 달간 매주 토요일 아침 7시부터 작가 수업을 2시간씩 들었다. 두 번째 수업부터 집필을 시작했다. 매일 출근할 때는 내 손에 종이와 펜이 들려 있었다. 글을 쓰기 위해서는 무엇을 쓸 것인지 글감이 필요했다. 쓸 것들을 미리 종이에 구상하기 위해서는 별도의 시간이 필요했다. 가만히 집에 앉아서 글감을 구상할 때보다 출퇴근 시간을 활용할 때 생각이 더 잘 떠올랐다. 돈을 버는 능력, 돈을 모으는 능력, 돈을 불리는 능력, 돈을 쓰는 능력 모두가 다르듯이 책 쓰기도 글감을 생각하는 능력, 문장력, 쓴 것을 수정하는 능력, 책을 파는 능력 모두 다 달랐다. 책 쓰기의 모든 영역에서 다 잘하지는 못했지만 오직 한 가지 목표가 존재했다. 소아암 가족들에게 희망이 되어 주는 것. 그것 하나면 충분했다.

나는 어릴 때 돌아가신 엄마의 생각을 알 수 없었다. 엄마는 속마음을 딸인 나에게 말하지 않았다. 평소 일기장 같은 글도 남긴 것이 없었다. 친정엄마를 하늘나라로 떠나보낸 지 27년이 지났다. 엄마의 사진은 있지만 시간이 지날수록 엄마와 함께했던 추억들이 흐릿해졌다. 엄마를 떠올리는 것도 점점 줄어들었다. 어쩌면 내가 글쓰기를 좋아하게 된 것도 엄마의 영향인지 모르겠다. 예빈이와 예설이를 위해 나의 존재를 글로 남겨 두고 싶었다. 내가 떠나고 나서도 아이들이 엄마를 추억할 수 있는 글이 있었으면 좋겠다고 생각했다. 글쓰기는 나의 일상에서 중요한 일부가 되어 갔다. 나는 첫째 딸을 임신했을 때 일기를 썼다. 둘째를 가졌을 때는 남편이 일기를 썼다. 엄마 아빠가 남긴 글이 두 딸에게 살아가는 데 희망이 되어 주기를 바랐다.

희망을 확인하는 방법에는 여러 가지가 있겠지만 나는 글을 쓰면서 내 마음을 가꾸어 갔다. 예설이가 병원에서 백혈병을 집중적으로 치료했던 9개월 동안은 나는 매일 치료 일기를 썼다. 유지 치료 때부터 내 몸도 긴장이 풀렸다. 치료 일기를 쓰지 않는 날도 많아졌다. 대신 혼자서 글을 쓰는 시간이 늘었다. 나는 내 글과 행동이 일치하는 삶을 살기를 바랐다.

나는 희망을 확인하는 방법으로 글을 썼다. 자녀의 치료 일기를 쓰다 보니 하고 싶은 것이 생겼다. 내 글에는 경험했던 것과 내 생각이 녹아 있다. 나 자신을 알아 가는 방법으로 글만 한 도구가 없다. 내가 쓴 글을 다시 읽어 보는 것만큼 좋은 방법도 없다. 내가 보고 듣고 말한 모든 경험이 글감 소재가 되었다.

나는 희망을 확인하고 싶었다. 절망이 희망으로 바뀌기를 바랐다. 희망이 절망으로 바뀌는 순간마저도 나는 다시 희망을 찾고 싶었다. 예설이가 백혈병 진단받은 사실은 슬펐지만, 위기를 이겨 내야만 했다. 글쓰기라는 행위가 나에게 가장 적합한 도구였다. 글쓰기 덕분에 많이 치유되었다.

진짜 희망은 살면서 닥친 위기의 순간에 찾아온다. 견디기 힘든 일을 겪으면서도, 작지만 희망적인 소식은 다시 힘을 낼 수 있게 도와주었다. 평범한 일상이 소중하게 느껴진다면 삶은 희망적이다. 삶에 중요한 것을 잃기 전에 소중함을 알아야 한다. 절망 속에서도 희망을 잃지 말자. 절망이 찾아오더라도 희망을 기록해 보자. 내가 기록한 글 중에서 분명히 희망을 발견할 수 있을 것이다. 희망을 내 글에서 찾아본다. 희망은 내 일상의 여러 곳에 숨겨져 있다. 내가 찾아내지 못했을 뿐이다. 이제는 그 희망을 확인하기 위해 내가 쓴 글을 읽는다.

마치는 글

소아암 예설이네 희망 법칙

양부대 83병동에서 항암 치료를 시작하고 얼마 후, 예설이는 단발머리로 머리를 잘랐다. 긴 머리를 유독 좋아했던 딸이었다. 예전보다 머리가 짧아졌지만, 거울을 보면 여전히 여자 같았다. 항암 치료가 계속되면서 예설이 머리카락이 더 빠졌다. 뒷머리는 자르지도 않았는데 머리카락이 거의 사라졌다. 병실 바닥을 아무리 쓸고 닦아도 예설이 머리카락으로 어지럽혀져서 일상생활이 불편했다. 예설이 머리카락을 더 자르고 싶어도 피검사 수치가 괜찮아야 할 수 있었다. 딸아이의 피검사 수치가 좋은 날 미용사님이 병실로 오셨다. 예설이는 오리 꽥꽥 변기통에 앉아서 볼일을 보고 있었다. 자연스럽게 오리 꽥꽥 변기통에 앉은 채로 머리카락을 밀었다. 덤덤한 모습이었다. 딸아이는 머리카락이 없어졌다고 울지 않았다. 보호자인 내가 예설이 머리카락에 더 집착하는 것만 같았다. 머리카락이 사라진 예설이를 볼 때마다 백혈병 치료를 받고 있다는 게 실감이 안 났다. 딸아이에게 닥친 위기가 느껴졌다.

예설이 머리카락이 많이 자라서 짧은 스포츠머리 모양이 되었다. 딸아이는 한 번도 미용실에 가서 머리를 자르지 않았다. 딱 한 번 앞머리만 집에서 남편이 잘랐다. 남편은 신문지 한 장을 반으로 접었다. 신문지 중간에 구멍을 내고 펼쳐 앞치마처럼 예설이에게 입혔다. 한 번 만에 예설이에게 딱 맞는 앞치마를 만들어 줄 수는 없었다. 남편은 신문지를 몇 번이나 다시 잘라 원하는 크기가 되었을 때 미용사로 변신했다. 전자레인지용 둥근 플라스틱 뚜껑을 딸아이의 앞머리 위에 올려 둔 채 가위로 뚜껑 밑에 보이는 예설이 앞머리를 천천히 잘랐다. 앞머리를 자르고 보니 생각보다 잘 어울렸다. 시간이 갈수록 딸의 앞머리가 자연스러워졌다.

딸아이는 머리카락 길이 때문에 남자로 오해받은 적이 많았다. 어느 날 예설이가 파란색 옷을 입고 있었는데 남자아이로 오해받았다. 예설이는 "나 남자 아니거든!" 하고 당당하게 말했다. 딸아이의 머리카락을 밀었을 때는 마음이 아팠지만, 머리카락이 자라면서 예설이와 가족들의 마음도 치유되고 있었다.

예설이의 일상은 집과 병원 생활이 대부분이었다. 일주일에 한 번 한국백혈병소아암협회 부산지회에서 언어 치료를 받았다. 항암 치료를 하면서 밥 먹을 때 티브이 보는 것처럼 예설이에게 나쁜 습관이 생긴 것도 있었다. 반대로 치료 덕분에 좋은 습관이 형성된 것도 많았다. 딸아이는 스스로 손을 자주 씻었다. 무엇을 먹을 때도 꼭꼭 씹어 먹고 양치질도 잘했다. 산책하고, 운동하는 시간을 일상에서 잘 지키고 있다.

어린이집을 다녔던 평범했던 네 살 예설이에게 소아암이 찾아온 지도 1년이 훌쩍 지났다. 소아 백혈병 진단을 받고 딸아이의 일상에 많은 변화가 생겼다. 항암 부작용을 이겨 내기 위해서는 규칙적인 생활이 필요했다. 예설이에게 새로운 삶의 원칙이 생기기 시작했다. 그 무엇보다 건강을 챙기는 일이 딸아이에게는 중요해졌다. 하지만 지나친 걱정은 삶의 독이다. 소아암을 알아 가면서 나에게도 지혜가 생기고 있다. 좋은 것은 습관으로 굳히고 나쁜 것은 버린다. 하지만 한 가지 버리지 말아야 할 것이 있다. 바로 희망이다. 아무리 힘들고 어려운 상황에 부닥쳐도 한 줄기 희망은 가지고 있어야만 한다. 그 희망이 오늘을 살게 해 주고, 내일을 이끌어 줄 테니까. 나는 그 희망을 끝까지 붙들고 있다.

『대통령의 글쓰기』라는 책으로 온라인 경찰 독서 모임에 참여했다. 대통령에게 글쓰기는 자기 치유의 과정이었다는 내용으로 동료들과 토론했다. 토론 이후에 나는 한 가지 깨달은 것이 있다. 문채희 선배님은 글쓰기는 자기 자신을 위한 행위라고 했다. 다른 사람이 내가 쓴 글로 도움을 받았다면 그것은 덤이라고도 했다. 그러면서 소아암 보호자로서 책을 쓰고 있는 나에게 책을 집필한 것이 고통을 이겨 내는 하나의 과정처럼 보였다고 말했다. 나는 그 말을 곱씹어 봤다. 나는 소아암 가정에 도움을 주기 위해 책을 집필한다고 생각했었다. 다시 생각해 보니, 이 책을 집필하면서 가장 많이 치유되었던 사람은 바로 나였다. 글쓰기는 자기 치유의 과정이었다. 나는 글을 쓰면서 치유와 희망을 동시에 품었다.

소아암 관련하여 보호자가 쓴 책이 많지 않다. 소아암 가족들의 일상이 사람들에게도 많이 알려져서 그들이 사회로 돌아갔을 때 도움이 되었으면 좋겠다. 소아암 아이들의 보호자 역시 일상으로 돌아가기를 바란다. 소아암 가족들이 힘들고 지친 순간에도 삶의 희망을 끝까지 가지기를 진심으로 바란다. 우리 가족들도 끝까지 희망을 지키며 삶을 이어 나갈 것이다.